YŌKAI FANTÔMES DU JAPON

Horreurs et prodiges

Lafcadio Hearn

Yōkai fantômes du Japon

Horreurs et prodiges

Traduit de l'anglais par Marc Logé
Préface de Francis Lacassin

Remerciements :
Candice Colsenet, Lennie Fortunier,
Raphaël Guérin, Mathilde Obergfell, Coline Sauvant.

Illustration de couverture :
Katsushika Hokusai (1760 - 1849)
La Lanterne Fantôme v. 1831-32.

ISBN : 978-2-382-390-05-4

www.synchronique-editions.com

Sommaire

Préface 9

Le mot de l'éditeur 17

L'Aveugle qui faisait pleurer les morts 23

La Femme de la neige 39

Celui qui avala un fantôme 47

Le Songe d'un jour d'été 55

La Première femme du samouraï 81

Le Prêtre qui écrit avec cinq pinceaux en même temps 89

Le Mangeur de cadavres 97

Le Vampire au fond des eaux 105

Celui qui épousa deux fois la même femme 115

La Morte aux mains vivantes 127

Histoire des fantômes dans le roman de *La Lanterne pivoine* 135

Le Gamin qui dessinait des chats 169

La Légende de « la cascade des esprits » 177

Celui qui voulait rencontrer Bouddha 183

La Légende du village des joueurs de koto 191

Le Samouraï qui fit ouvrir les portes de la naissance 211

La Ville qui ne connaît pas la mort et la douleur 217

Le « cerisier du seizième jour » 223

Liste des œuvres 226

Préface

Lafcadio Hearn
ou
« Le grand tourbillonnement - fantôme de la naissance et de la mort »

À l'ombre des immeubles de béton et de verre de Ginzha (le quartier commercial de Tōkyō), à partir de 16 heures, il n'est pas rare de rencontrer des hommes et des femmes ayant revêtu un somptueux kimono pour assister à une représentation de théâtre Nô ou à une réception. Ces élégants traversent avec indifférence de petites rues commerçantes aux boutiques pavoisées de banderoles et d'oriflammes. À certaines portes pendent d'énormes gerbes de fleurs ; comme le révèlent les inscriptions de leurs rubans, les employés de tel café ou de tel salon de coiffure célèbrent ainsi la fête du patron ou commémorent la énième année d'activité de l'établissement.

Au fond d'un grand jardin, allées et détours, rocailles et buissons ménagent la surprise d'une pagode aux toits recourbés et aux murs de couleurs gaies. L'accès à sa pénombre, trouée par les lueurs dorées d'idoles étranges, est protégé par un géant de bois prêt à bondir.

Un faciès grimaçant et un sabre immense aident ce génie bienfaisant à dissuader les démons de se mêler aux fidèles et autres visiteurs.

À l'entrée d'une autre pagode, sous un dragon plaqué au plafond du vestibule, un cercle tracé sur le sol et un écriteau (bilingue) suggèrent de claquer des mains à cet endroit « pour entendre le dragon sacré émettre son rugissement délicieux ».

Quel Japonais respectueux des convenances oublierait de casser le bout de la queue de son jeune chat ou se risquerait à agrémenter son jardin de pièces d'eau dormante ? Deux attitudes commandées par l'unique souci d'interdire leurs refuges terrestres familiers aux démons tapis dans les ténèbres.

Dans un pays où les costumes et coutumes, l'art et les traditions, le décor et les fleurs composent à chaque instant et à chaque pas une fête des couleurs et une atmosphère magique – le fantastique est depuis toujours dans la place, dispensé de ces irruptions et ruptures qui mettent en désarroi la raison dans les sociétés occidentales. Quand le fantastique imprègne aussi profondément la vie japonaise, le surnaturel dont il émane n'est que l'une des surprises réservées à l'homme par la nature.

Le fantastique est trop proche des Japonais pour s'embarrasser du cérémonial mystérieux et insidieux destiné à intimider les Occidentaux et à mettre en condition des imaginations trop cartésiennes. La mort, elle-même a dépouillé les atours sinistres et effrayants dont elle se revêt en Occident, pour se muer en un intercesseur familier disposé à entrouvrir les portes de l'au-delà aussi volontiers dans un sens que dans l'autre.

Cette absence de procédés d'intimidation et de couleurs funèbres ne doit plus laisser croire que le fantastique japonais est condamné à des effets d'ombre, de clair de lune et de carton doré, ou aux manifestations d'un bestiaire mythologique. Les dragons y sont plutôt moins nombreux que dans le folklore gréco-romain. La cinquantaine d'histoires recueillies par Lafcadio Hearn (1850-1904) d'après le folklore oral ou de vieux livres (*Shin-Shomon-Shū, Hyaku-Monogatori, Uji-Jui-Monogatori-Shō*, entre autres) révèlent un éventail thématique très ouvert.

Contes de fées, relevant comme *Peau-d'Âne* du merveilleux classique – un homme-requin verse des larmes aussitôt muées en rubis : *La Reconnaissance de l'homme-requin* –, histoires d'ogres : *Le Mangeur de cadavres, Le Fantôme à la tête coupée* –, âmes captives (comme dans *La Biche au bois* ou *La Belle et la Bête*) de formes animales : *La Mort d'un canard sauvage, Le Message de la mouche* – ou prisonnières d'objets enchantés : *La Prisonnière du miroir* –, vampires assoiffés de sang jeune : *Le Vampire au fond des eaux, La Légende de la cascade des esprits* –, sorcières dont les maléfices survivent à leur mort : *La Morte aux mains vivantes* –, royaumes étranges, véritables cités d'Ys englouties non plus dans les flots et l'espace mais dans les ténèbres et le temps, et où les audacieux se risquent à la faveur d'une déchirure d'un tissu temporel : *L'Aveugle qui faisait pleurer les morts, Le Songe d'un jour d'été* –, allégories et rêves : *Sur la montagne des crânes d'hommes, Le Rêve du papillon et de la fourmi.*

Domaine par excellence du surnaturel, de nombreuses histoires de fantômes lui permettent de s'exprimer avec l'ambiguïté requise par nos mentalités occidentales. Des spectres aimables et avenants – presque toujours féminins – viennent le temps d'un soir ou d'une nuit charmer de jeunes hommes, non moins aimables, mais désappointés de les voir s'évanouir comme un songe. Songe doré : *La Légende du village des joueurs de Koto* –, songe pathétique : *Histoire des fantômes dans le roman de* La Lanterne Pivoine –, cauchemar : *La Première femme du samouraï*.

Le thème de ce dernier conte laisse croire à des coups de téléphone secrets entre l'imaginaire japonais et l'imaginaire occidental. Il se retrouve en 1824 dans *L'Aventure d'un étudiant allemand...* dont l'auteur, Washington Irving, avait été précédé dès 1774 par Lenglet-Dufresnoy. Le savant compilateur du *Traité historique et dogmatique sur les apparitions* y relate le mauvais tour joué par le diable à un jeune seigneur de l'époque. Ayant trouvé, un soir de pluie, une jeune fille abritée sous son porche, il la fit monter chez lui. Et se réveilla au petit matin, couché auprès d'une répugnante charogne... Japonais ou bons chrétiens, les démons se complaisent aux mêmes farces infâmes.

D'autres fois, avec un ou deux siècles d'avance et avec un dédain des frontières du temps et des lois de la chronologie, les démons japonais se mettent à l'école du Dr Sigmund Freud. Dans *Le Magasin de porcelaine hanté par la haine*, le fantôme procède d'une véritable projection psychanalytique. Exemple d'un fantastique subtil et immatériel qui se manifeste de façon analogue dans la fonction magique de l'étoffe ou du papier.

Dans l'imaginaire occidental, la métamorphose représente le passage inattendu, et parfois burlesque, d'une forme solide à une autre. *Cendrillon*, avec la citrouille et les souris changées en attelage princier, en donne une illustration classique. Au Japon, la métamorphose est beaucoup plus créatrice : au lieu de changer des formes, elle en crée en procédant à la matérialisation d'un sentiment (dans l'exemple précédent : la haine) ou d'un concept esthétique : le dessin d'un animal qui devient cet animal vivant. Lequel s'abandonne aux instincts – parfois agressifs et sanglants – de son espèce, avant de réintégrer son apparence graphique statique à deux dimensions : *Le Gamin qui dessinait des chats.*

Au contraire de la création purement psychique du *Magasin de porcelaine hanté par la haine*, la matérialisation procède ici à partir d'un support physique : le papier couvert d'un dessin. Support trop subtil pour la transformation burlesque que recherche la féerie occidentale. Au contraire, l'imaginaire tire la force de ses effets de cette disproportion entre le fragile matériau initial et le résultat obtenu. Ainsi voit-on un tableau s'effacer lorsqu'on le sépare de son légitime propriétaire (*Le Tableau qui avait une âme*), une femme peinte devenir une femme de chair (*Celui qui tomba amoureux d'un portrait*), une étoffe mettre le feu à une ville entière (*Le Grand Incendie de la robe aux longues manches*).

Cette faculté d'enfanter des prodiges accordés au papier, à la toile, à la soie ne fait que refléter l'organisation d'une civilisation où ces matériaux fragiles jouent le rôle privilégié que l'art européen réserve avec emphase à des matériaux « nobles » : pierre ou métal. De même, l'environnement topographique et ses ressources en matières premières expliquent le manque de solennité qui caractérise les vampires japonais.

Dans un pays où le bois ou le carton et le papier entrent dans l'habitat plus souvent que la pierre ; où le relief ignore les chaînes montagneuses et vallées encaissées, les émules du comte Dracula ne sauraient habiter les châteaux compliqués agrippés à des roches menaçantes : comme le Vampire au fond des eaux, ils se contentent en toute simplicité de l'abri que leur offre la nature. Abri banal et rassurant qui rend leur intervention d'autant plus surprenante.

L'aspect champêtre, floréal des cimetières, la simplicité des édifices religieux environnés de jardins au lieu de la solennité mélancolique et monumentale qui les caractérise en Occident, l'architecture sans mystère de demeures japonaises ; la dédramatisation de la mort dépouillée de la légende sinistre et du rôle répressif que lui prête le christianisme... autant de circonstances qui expliquent l'intrusion des fantômes dans l'univers familier des vivants et l'intimité que très souvent ils entretiennent avec eux.

Quand les vivants réalisent leur méprise, ils sont désappointés, rarement effrayés. Même lorsque les morts, renonçant à modeler leur comportement sur leur aspect familier, s'abandonnent à des réactions agressives. L'effroi qu'alors ils inspirent n'a pas l'effet paralysant et morbide obtenu par les spectres européens. Il donne lieu à une épreuve non pas éliminatoire mais initiatique. Dans cette lutte d'égal à égal entre l'homme et le surnaturel, c'est le premier qui l'emporte, par la vaillance et surtout par la ruse : *Le Décapité qui mordit la pierre, Le Fantôme à la tête coupée.*

Mais l'imaginaire japonais ne force pas seulement les portes de la mort. Il entrouvre aussi celles de la naissance ou plus exactement de la réincarnation : en organisant d'étonnantes retrouvailles entre des êtres prédestinés qui s'étaient déjà connus ailleurs et en d'autres vies (*Celui qui épousa deux fois la même femme, L'Enfant qui naquit deux fois*).

Avec ce thème ignoré du fantastique occidental s'affirme la coloration religieuse qui caractérise le fantastique japonais. Elle donne une dimension pathétique à certaines métamorphoses – *L'Histoire de « Saule vert », La Mort d'un canard sauvage.* Provoquées par la baguette magique d'une fée ou par le caprice d'un enchanteur d'Occident, celles-ci n'obtiendraient qu'un succès de bizarrerie. Ce n'est plus à la curiosité du lecteur mais à son cœur qu'elles s'adressent lorsqu'on les sent ordonnées par une loi transcendante de la migration des âmes.

En dépit de leur issue tragique et des séparations déchirantes qu'elles entraînent, ces réincarnations à l'apparence de métamorphoses laissent à leurs victimes un espoir immense à l'échelle de l'infini dans lequel elles se perdent. Rien n'est définitif, tout peut recommencer, le temps (et les vies qu'il contient) ne sont qu'un cercle sans commencement ni fin.

Un sentiment du tragique inséparable de l'espoir, telle est la morale que Lafcadio Hearn invite le lecteur à tirer. Comme il l'avait tirée lui-même en trouvant au Japon l'apaisement qui termina sa vie douloureuse.

Né en 1850 en Grèce, d'un chirurgien de la marine anglaise et d'une Grecque ; abandonné très tôt par son père puis par sa mère, élevé au Pays de Galles par une vieille tante, éborgné dès l'adolescence par un accident qui le coupa un peu plus des autres, Lafcadio Hearn est le déraciné type. Rejeté par sa famille anglaise, à seize ans, il sera livré à lui-même et à la misère de bonne heure. Émigré aux États-Unis à dix-neuf ans, il y connaît, malgré divers emplois dans le journalisme, une existence misérable.

En quête d'un idéal inaccessible, et cherchant désespérément à s'identifier à une culture, il croit y parvenir lors d'un séjour de sept années à la Nouvelle-Orléans, suivi d'une tentative d'établissement à la Martinique. Le hasard d'un reportage au Japon lui fait découvrir dans ce pays le havre de grâce qu'il n'espérait plus. Converti au bouddhisme, époux d'une Japonaise qui lui donna plusieurs enfants, il connut enfin un bref mais intense apaisement. Harmonie dont le grand connaisseur avait deviné le sens en recueillant ces contes.

En les publiant, c'est leur poésie et leur message d'espoir qu'il cherche à communiquer, sans rancune, à ces hommes d'Occident qui n'avaient pas su le reconnaître pour un des leurs.

Francis LACASSIN.

Le mot de l'éditeur

Les *yōkai* sont des créatures surnaturelles très présentes dans le folklore japonais. Ce ne sont pas littéralement des démons au sens occidental du terme, mais plutôt des esprits, pouvant prendre forme humaine ou animale, habiter une plante, un objet, ou se présenter sous la forme d'un phénomène naturel. Tantôt amicaux, espiègles ou malveillants, ils portent occasionnellement chance ou malchance à ceux qui les rencontrent. Les folkloristes et historiens japonais présentent les *yōkai* comme des personnifications de phénomènes surnaturels ou inexplicables pour ceux qui en sont témoins. C'est à l'époque d'Edo, avec le développement et la diffusion des techniques d'impression, que des auteurs ont recensé et publié des histoires populaires de *yōkai* ou en ont inventé de nouvelles pour satisfaire l'imaginaire des lecteurs. À cette époque également, des artistes les ont largement illustrées sous forme d'estampes.

Ce sont ces contes et légendes traditionnels japonais que l'écrivain Lafcadio Hearn (1850-1904) s'est attaché à retranscrire, en s'immergeant dans le folklore oral ou en compulsant de vieux écrits.

Lafcadio Hearn a longtemps vécu ballotté entre les cultures avant de trouver la paix au Japon. Né en Grèce d'un médecin militaire irlandais et d'une mère issue de la noblesse locale, abandonné par ses parents et rejeté par sa famille, il est élevé par sa tante entre l'Irlande et le pays de Galles. Envoyé en pension dans une institution catholique de Normandie, il s'y familiarise avec la langue française. C'est un élève sensible et brillant qui révèle un talent pour la littérature et une passion pour la lecture. À dix-neuf ans, il émigre aux États-Unis pour s'installer à Cincinnati dans l'Ohio où il connaît des années difficiles et devient journaliste. En 1874, Hearn y épouse une Afro-Américaine à une époque où les mariages interraciaux sont interdits, et il est renvoyé l'année suivante de son journal le *Cincinnati Daily Enquirer* sous ce prétexte. Mais ce sont probablement davantage ses écrits anticléricaux et satiriques, coupables d'avoir irrité hommes d'Église et politiciens locaux, qui ont poussé ceux-ci à faire pression sur son employeur pour qu'il soit licencié. Il prend sa revanche en contribuant, par son talent, au succès du journal concurrent de la ville, *The Cincinnati Commercial*, et part pour la Louisiane en 1877. C'est là notamment qu'il commence à traduire en anglais certains des plus grands auteurs français de son temps, dont Guy de Maupassant, Émile Zola, Anatole France ou Pierre Loti. Il devient ainsi l'un des principaux traducteurs de littérature française du XIXe siècle aux États-Unis, et l'un des plus respectés. À partir de 1887, il part vivre en Martinique, jusqu'à sa découverte du Japon en 1890. Il y trouve enfin sa place, s'y établit et découvre ce qu'il cherchait depuis toujours : émerveillement, sentiment d'appartenance, sérénité. Hearn épouse la fille d'un samouraï, adopte le bouddhisme et devient citoyen japonais en 1896. Fasciné par le ju-jitsu, c'est lui qui fera découvrir le judo aux États-Unis.

Il a écrit de nombreux ouvrages sur l'archipel et sa

culture, avec un intérêt particulier pour les histoires de fantômes (*yōkai*), dont notamment : *Le Japon inconnu* (*Glimpses of unfamiliar Japan*, 1894) ; *La Lumière vient de l'Orient. Essais de psychologie japonaise* (*Out of the East: Reveries and studies in new Japan*, 1895) ; *Au Japon spectral (In Ghostly Japan*, 1899) ; *Kwaidan ou Histoires et études de choses étranges* (*Kwaidan: Stories and Studies of Strange Things*, 1904).

C'est au début du XXe siècle que Marc Logé, de son nom complet Mary-Cécile Woodruff Logé, s'attache à traduire en français les ouvrages de Lafcadio Hearn. Quelques décennies plus tard, Francis Lacassin, journaliste, éditeur et écrivain français, décide de compiler les contes recueillis par Lafcadio Hearn dans un seul et même ouvrage. De ce projet naît *Fantômes du Japon*, publié en 1980 par l'Union Générale d'Éditions, dans la collection « Les Maîtres de l'étrange et de la peur », dirigée par Francis Lacassin et Christian Bourgois.

Nous avons choisi de publier les histoires de fantômes de ce recueil en deux volumes et de les illustrer par des estampes de style *ukiyo-e* datant de l'époque d'Edo et du début de l'ère Meiji, période durant laquelle Lafcadio Hearn lui-même arpentait l'archipel, occupé à recueillir ces contes.

Élément central du folklore nippon, le *yōkai* revêt d'innombrables formes : qu'il prenne l'apparence d'un feu follet (*oni-bi*), d'un fantôme à forme humanoïde (*yuki-onna* ou *rokurokubi*) ou d'une créature repoussante (*jikininki* ou *baku*), ses manifestations ont représenté une source d'inspiration inépuisable et un thème de prédilection pour nombre d'artistes japonais versés dans l'art populaire de la gravure sur bois. Pourtant considérée comme une forme artistique mineure par l'élite japonaise de l'époque, l'estampe *ukiyo-e* contribua largement à faire découvrir la culture et l'art japonais en Occident.

大宅太郎光國
荒井九

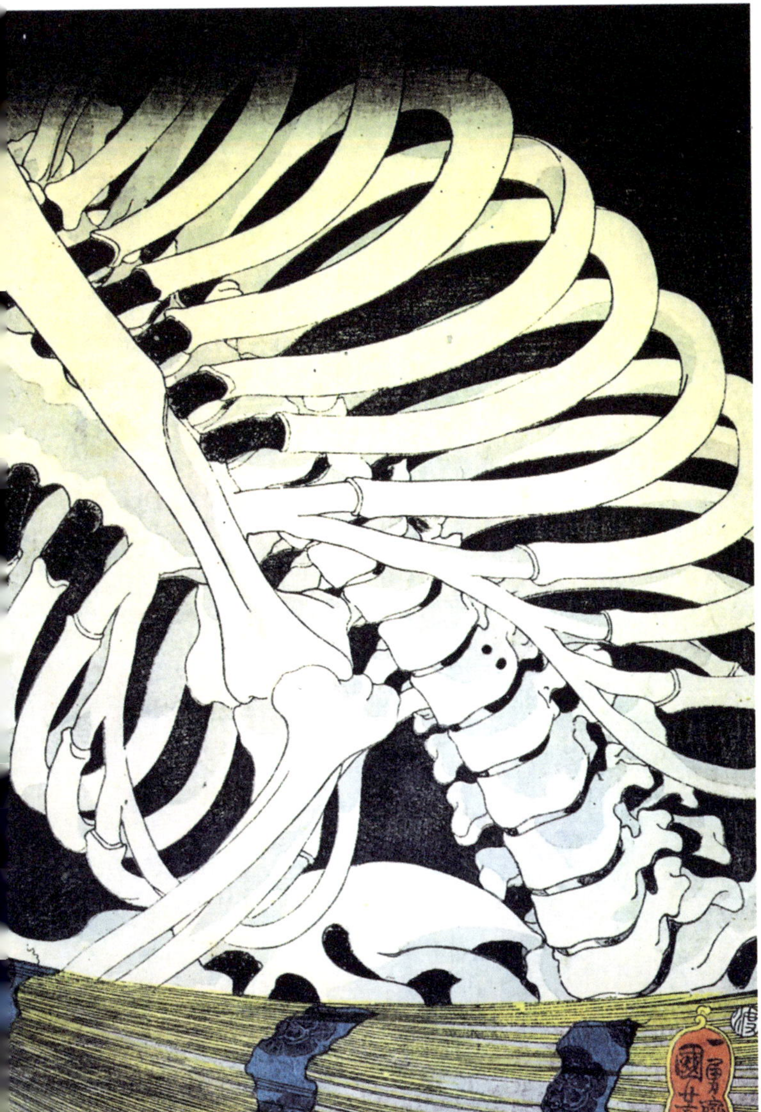
一勇齋
國芳画

L'Aveugle qui faisait pleurer les morts

(The Story of Mimi-Nashi-Hōichi)

Il y a plus de sept siècles qu'eut lieu à Dan-no-ura, sur le détroit de Shimonoséki, la bataille qui clôtura la longue rivalité entre les Heiké, de la tribu de Taira, et les Genji, ou partisans de la tribu de Minamoto. Ces derniers avaient été vainqueurs et tous les Heiké, leur jeune empereur, leurs femmes et leurs enfants avaient péri, massacrés !

Depuis ce massacre, la mer et les côtes du détroit sont hantées... Le long des falaises, on entend et on voit souvent des choses étranges... Par les nuits sombres, des milliers de feux-fantômes brillent sur la plage ou volètent au-dessus des vagues des lumières pâles que les pêcheurs appellent des *oni-bi*, ou feux-démons... Et lorsque le vent mugit, il s'élève de l'océan une clameur pareille à celle d'une bataille.

Au temps passé, les âmes des Heiké se montraient beaucoup plus inquiètes qu'elles ne le sont à présent. Alors, leurs fantômes se dressaient, menaçants, autour des barques de pêche, essayant de les faire chavirer, ou bien ils guettaient les nageurs solitaires, et tâchaient de les saisir et de les entraîner vers les profondeurs insondables de la mer.

Ce fut pour calmer ces esprits méchants que l'on construisit, à Shimonoséki, le temple bouddhiste de Amidaji. Un cimetière fut aménagé tout près de la plage, et l'on y érigea des monuments funéraires sur lesquels on inscrivit les noms de l'empereur massacré et de ses grands vassaux. Et sans cesse on y célébrait des services pour le repos de leurs âmes !... Après la construction du temple, les Heiké revinrent moins souvent. Mais, de temps à autre, des choses étranges avaient lieu et prouvaient qu'ils n'avaient pas trouvé la paix et le repos définitifs.

*

Il y a quelques centaines d'années que vivait, dans la ville de Shimonoséki, un aveugle appelé Hōichi. Il était connu dans tout le pays pour son talent à jouer de la biwa[1]. Dès sa plus tendre enfance, il avait appris l'art de la musique et de la récitation et avait vite surpassé ses maîtres. Comme « prêtre luthier », il devint bientôt célèbre par ses chants sur la légende de la haine des Heiké et des Genji, et, lorsqu'il chantait la complainte de Dan-no-ura, « les fantômes eux-mêmes ne pouvaient retenir leurs larmes ».

Au début de sa carrière, Hōichi connut la pauvreté, mais un ami vint à son secours. Il se trouva que le desservant du temple de Amidaji appréciait fort la poésie

1. La biwa, espèce de luth à quatre cordes, est surtout employée pour accompagner des récitations. Autrefois, les ménestrels attitrés qui déclamaient les « Heiké Monogatari » et autres poèmes tragiques étaient appelés des « prêtres tragiques luthiers » ou *biwa hōshi*. L'origine de cette appellation n'est pas très claire. Elle est peut-être dérivée du fait que les « prêtres luthiers », comme les « coiffeurs aveugles », avaient la tête rasée à la façon des prêtres bouddhistes. On joue sur la biwa à l'aide d'un plectre fait en corne.

et la musique ; il faisait souvent venir Hōichi dans sa demeure pour l'écouter réciter quelques légendes et poèmes tragiques. Un jour, très ému par le talent du jeune musicien, il lui proposa d'habiter dans le temple, où il serait logé et nourri. En retour, Hōichi devrait, de temps en temps, déclamer ou chanter, lorsqu'il n'aurait pas d'autres engagements. L'aveugle accepta cette offre avec gratitude et s'installa définitivement au temple.

Par une chaude soirée d'été, le bon prêtre fut mandé chez un de ses fidèles qui venait de mourir, afin d'y célébrer un service religieux. Il partit donc suivi de son acolyte, et Hōichi fut laissé seul. Comme la chaleur était intense, il se rendit sous une véranda qui se trouvait à l'arrière du temple et donnait sur un petit jardin, afin de respirer un peu l'air frais avant de rentrer pour dormir. Il attendit patiemment le retour de son bienfaiteur et, pour se distraire, il se mit à jouer sur son luth.

Minuit sonna. Le prêtre ne revenait toujours pas. Cependant, comme la température demeurait étouffante, Hōichi résolut de rester encore quelque temps à l'air libre. Soudain, il entendit des pas s'approcher de la grille qui clôturait le jardinet. Quelqu'un traversa précipitamment le petit espace libre, parvint à la véranda et s'arrêta devant l'aveugle.

Ce n'était pas le prêtre !

Une voix sonore retentit, appelant l'aveugle par son nom avec le ton impérieux qu'a un samouraï en parlant à un inférieur.

– Hōichi !...

L'aveugle effrayé ne répondit pas.

La voix prononça de nouveau, d'un ton de commandement :

– Hōichi !...

– *Hai*... fit alors le musicien terrifié. Je ne puis voir ! Je ne sais qui m'appelle !

– Il n'y a rien à craindre, répliqua la voix inconnue avec moins de brusquerie. On m'envoie à vous, porteur d'un message. Mon seigneur, qui est d'un rang très élevé, s'est arrêté à Shimonoséki accompagné de plusieurs de ses vassaux, car il désirait ardemment voir le lieu où fut livré le combat de Dan-no-ura. Il s'y est rendu aujourd'hui, et, ayant entendu louer le talent avec lequel vous récitez la légende de la grande bataille, il souhaite vous entendre. Prenez donc votre luth et suivez-moi jusqu'au lieu où nous attend l'auguste assemblée.

*

Dans ces temps-là, il ne faisait pas bon contrarier le moindre désir d'un samouraï. Hōichi mit ses sandales, prit son luth, et suivit l'étranger qui le guida adroitement, mais en l'obligeant à marcher très vite. La main qui tenait celle de Hōichi était gantée de fer et, à chaque pas que faisait le samouraï, son épée résonnait, prouvant ainsi qu'il était complètement armé. C'était probablement quelque garde de palais.

Lorsque la première frayeur de Hōichi se fut dissipée, il se souvint de la phrase de son guide : « Mon seigneur est d'un rang très élevé », et il se félicita de sa bonne chance. Il se dit que le noble personnage qui l'envoyait quérir ne pouvait être qu'un *daimyō* de première classe.

Au bout d'un certain temps, le samouraï s'arrêta, et Hōichi se rendit compte qu'ils étaient arrivés devant une large porte grillée. Il en fut étonné, car, dans toute la ville, il ne se souvenait d'aucune porte de ce genre, à part celle qui clôturait l'entrée principale du temple.

– *Kaimon !*[2] s'écria le samouraï.

On entendit un bruit de ferrailles, comme si on eût enlevé des crochets de fer barricadant la porte, et ils reprirent tous deux leur chemin. Après avoir traversé ce que Hōichi devina être un jardin, ils s'arrêtèrent de nouveau devant une entrée, et le samouraï s'écria :

– Ho ! Là-bas ! Je ramène Hōichi !

Aussitôt on perçut le son de pas pressés, d'écrans que l'on glissait, de portes qu'on entrouvrait, de voix de femmes parlant entre elles. D'après leur conversation, Hōichi comprit qu'elles étaient les servantes de quelque noble maison. On ne lui laissa guère le temps de réfléchir : après l'avoir aidé à gravir plusieurs marches, on le pria de retirer ses sandales. Puis une main de femme prit la sienne, et le conduisit, par des détours compliqués et interminables, à ce qui lui sembla être une salle très vaste. Hōichi devina qu'il devait y avoir beaucoup de monde réuni, car le froufrou des robes de soie était pareil au bruissement des feuilles dans une forêt. Il entendit un bourdonnement de voix confuses, et le parler était celui des cours.

*

On dit à Hōichi de ne rien craindre. Il s'agenouilla sur un coussin et accorda son instrument. Puis une voix féminine qu'il devina être celle de la *rojō*[3], lui dit :

– On vous commande maintenant de réciter la légende des Heiké et de vous accompagner sur la biwa.

2. Terme respectueux, signifiant le « fait d'ouvrir une grille », employé par les samouraïs en s'adressant aux gens de service à la porte d'un grand seigneur afin de faire ouvrir.

3. Matrone qui surveille tout le personnel féminin d'une maison noble.

Comme la récitation du poème entier eût nécessité plusieurs audiences, Hōichi se permit de poser une question.

– Toute la légende serait fort longue à réciter. Quelle partie l'auguste assemblée désire-t-elle entendre ?

Et la voix de la matrone lui répondit :

– Contez-nous l'histoire de la bataille de Dan-no-ura, car c'est l'épisode le plus triste et le plus attendrissant.

Hōichi éleva la voix et chanta la complainte du combat qui eut lieu sur les flots amers. De son luth, il imita

le bruit des coups de rames, les brusques volte-face de pirogues, les sifflements des flèches, les cris des guerriers, le heurt des épées sur les casques, la chute lourde des corps dans l'océan…

Lorsqu'il s'interrompit, il entendit tout autour de lui des murmures élogieux :

– Quel artiste merveilleux ! disaient les uns.

– Hōichi est incomparable ! Jamais, non jamais, dans notre province nous n'avons entendu jouer ainsi ! s'écriaient à mi-voix les autres.

Alors il se sentit pénétré d'une ardeur nouvelle : il

chanta encore mieux qu'auparavant, et un silence admirateur se fit autour de lui. Mais lorsqu'il décrivit le sort des femmes et des enfants, pourchassés par les Genji, lorsqu'il narra le saut dans la mer que fit la nourrice impériale Nii-no-ama, tenant dans ses bras le jeune empereur, tous ses auditeurs poussèrent un long cri d'angoisse et se mirent à sangloter si éperdument que Hōichi fut effrayé de ce désespoir. Pendant quelques instants, les pleurs et les lamentations continuèrent, puis, petit à petit, ils se dissipèrent et seule la voix de celle qu'il présumait être la *rojō* se fit entendre.

Elle dit :

– Bien que l'on nous eût assuré que vous jouiez sur votre biwa avec une habileté extrême, nous ne nous attendions pas au talent merveilleux que vous venez de nous révéler. Notre Seigneur a bien voulu déclarer qu'il serait heureux de vous récompenser. Il désire toutefois que vous veniez réciter devant lui chaque soir, pendant les six nuits suivantes. Il est probable qu'après ce laps de temps il entreprendra son «très auguste voyage de retour». Soyez donc ici demain à la même heure. Le guerrier qui vous a amené aujourd'hui sera de nouveau votre guide. On m'ordonne, en plus, de vous prier de ne parler à qui que ce soit de vos visites ici, durant le séjour que notre auguste seigneur fait à Shimonoséki. Comme il voyage incognito[4], il vous commande de n'en parler à personne. Vous êtes maintenant libre de retourner au temple !

Après avoir exprimé ses remerciements, Hōichi se laissa reconduire à l'entrée du palais, où l'attendait le samouraï, qui le ramena au temple. Là, il le quitta, en lui disant au revoir.

4. «Voyage incognito» est le sens de la phrase de l'original japonais : «*shinobi-no-go ryōko*», «un auguste voyage déguisé».

*

Le jour commençait à poindre lorsque Hōichi rentra chez lui. Son absence n'avait pas été remarquée : le prêtre n'était revenu qu'à une heure avancée de la nuit, et supposait, sans doute, que son ami dormait.

Pendant la journée suivante, Hōichi put prendre un peu de repos... Il ne souffla mot de son aventure.

Au milieu de la nuit, le guerrier vint le chercher comme le soir précédent et le conduisit à l'endroit où l'attendait l'auguste assemblée. Il eut le même succès, mais, cette fois, son absence fut observée, et, lorsqu'il revint, à l'aube naissante, le prêtre le manda en sa présence et lui dit d'un ton de reproche affectueux :

– Nous avons été fort inquiets à votre sujet, ami Hōichi, car, pour vous qui êtes aveugle, il est bien dangereux de sortir ainsi seul à une heure aussi avancée. Pourquoi ne pas m'en avoir prévenu ? Je vous aurais fait accompagner par un serviteur... Où êtes-vous allé ?

Hōichi répondit évasivement :

– Pardonnez-moi, mon bon ami ! J'ai dû vaquer à une affaire très importante et tout à fait personnelle... Et c'était hier le seul moment où je pouvais la conclure.

Le prêtre fut plutôt surpris que peiné par la réticence de Hōichi. Il vit qu'elle n'était pas naturelle, et il se dit que quelque chose d'étrange avait dû survenir. Il ne posa aucune autre question, mais il ordonna à deux de ses serviteurs de surveiller les allées et venues de l'aveugle, et de le suivre s'il s'avisait de sortir, une fois le crépuscule tombé.

La nuit suivante, on vit Hōichi quitter le temple. Les serviteurs allumèrent en toute hâte leurs lanternes et se mirent à le suivre. Il pleuvait et faisait si sombre que, bien avant qu'ils eussent pu gagner la grande route, Hōichi avait disparu. Il avait dû marcher extrêmement vite, ce qui était bizarre pour un aveugle. Les serviteurs allèrent à travers toutes les rues, demandant de porte en porte si l'on n'avait pas aperçu le musicien. Personne ne l'avait vu !

Enfin, tandis qu'ils s'en retournaient chez eux par la plage, ils perçurent le son d'un luth qui venait du cimetière. L'instrument était touché avec une fougue ardente et ils en furent effrayés !... À l'exception de quelques feux-fantômes, comme il y en avait toujours par les nuits obscures, tout était noir. Néanmoins, les domestiques pressèrent le pas et se hâtèrent vers le champ des morts... Là, à l'aide de leurs lanternes, ils aperçurent Hōichi assis tout seul devant le monument funéraire du jeune empereur, Anteko-Tennu ! Il jouait éperdument sur sa biwa en déclamant le récit de la bataille de Dan-no-ura ! Et, autour de lui, au-dessus des tombes, voletaient en scintillant les lumières des morts... Jamais œil humain n'avait vu une multitude aussi prodigieuse de feux-démons.

– Hōichi-San ! Hōichi-San ! s'écrièrent les hommes épouvantés. Vous êtes ensorcelé ! Hōichi-San !

Mais l'aveugle ne les entendit pas. Il faisait résonner furieusement sa biwa et chantait, avec une exaltation toujours croissante, la complainte du grand combat.

Les domestiques, terrifiés, le saisirent par ses habits et lui crièrent de nouveau :

– Hōichi-San ! Hōichi-San ! Revenez tout de suite avec nous !

Alors il leur répondit d'un ton de reproche :

– On ne tolérera pas que vous m'interrompiez de pareille façon devant une aussi auguste assemblée !

和漢百物語
相馬内裏の古御所に
百骸の戦ふ形勢
そゝろ泰然とし
て驚ざる、頼信朝臣の
一大勇士其強億を試え味方に
附ん計策の怪異、平親王
の娘滝夜叉姫の幻術なり
ける
假名垣魯文記
大宅太郎光圀

À ces paroles, les serviteurs ne purent s'empêcher de rire, malgré leur épouvante. Convaincus que Hōichi était victime d'un charme, ils le contraignirent à se lever et le ramenèrent de force jusqu'au temple. Là, le prêtre ordonna qu'on lui enlevât immédiatement ses habits mouillés et qu'on lui donnât à boire et à manger. Puis il le fit venir près de lui, et exigea une explication de sa conduite mystérieuse.

*

Hōichi hésita longtemps avant de parler, mais enfin, comprenant que sa fugue avait réellement alarmé le bon prêtre, il lui raconta tout ce qui s'était passé.

Lorsqu'il eut achevé, le prêtre lui dit :

– Hōichi, mon pauvre ami, vous courez à présent un très grand danger ! Votre merveilleux talent va vous causer d'inconcevables ennuis. Vous devez être convaincu, maintenant, que vous n'avez joué devant aucune noble assemblée, mais que vous avez bien passé les trois dernières nuits au cimetière, parmi les tombes des Heiké ! Ce soir même, mes gens vous ont trouvé, assis dans la pluie, devant le monument de Anteko-Tennu !... Tout ce que vous avez cru être vrai n'était que des illusions... tout, excepté l'appel des morts... En leur obéissant une fois, vous vous êtes mis en leur pouvoir. Si, après ce qui est arrivé, vous vous rendez de nouveau à leurs sommations, ils vous déchireront en morceaux. Du reste, tôt ou tard, ils vous auraient sûrement tué... Ce soir je ne puis malheureusement pas rester avec vous, car je suis mandé auprès d'un mourant... Mais avant de partir, je protégerai votre corps en y inscrivant des versets sacrés.

Quelque temps avant le coucher du soleil, le prêtre, aidé de son acolyte, dévêtit Hōichi. Puis, avec des pinceaux, ils tracèrent sur son dos et sur sa poitrine, sur sa tête, son cou et son visage, sur ses bras et sur ses jambes, sur son corps entier, le texte du divin *sûtra* appelé le *Hannya-Shin-Kyō*.

Lorsqu'ils eurent achevé leur tâche, le prêtre dit à Hōichi :

– Ce soir, dès que je serai parti, asseyez-vous sous la véranda et attendez ! On vous appellera, mais, quoi qu'il arrive, ne répondez rien. Ne bougez pas ! Demeurez immobile comme si vous méditiez. Ne remuez pas et ne faites aucun bruit, sinon vous serez déchiré en morceaux ! N'ayez nulle crainte et ne songez même pas à appeler au secours, car personne ne peut vous aider. Si vous vous conformez minutieusement à mes instructions, le danger passera et vous n'aurez plus rien à redouter !

*

La nuit vint, et le prêtre s'en alla. Hōichi s'assit sous la véranda, comme le lui avait recommandé son ami. Il posa son luth à côté de lui, et, prenant l'attitude de la méditation, il demeura immobile, en ayant soin de ne pas tousser et de ne pas respirer trop fort.

Il demeura ainsi plusieurs heures.

Enfin il entendit des pas qui s'approchaient... Ils traversèrent le jardin et s'arrêtèrent devant la terrasse tout près de lui !

– Hōichi ! appela la voix sonore du samouraï.

L'aveugle retint son souffle et ne bougea pas.

– Hōichi ! fit la voix de nouveau d'un ton plus menaçant.

Puis, une troisième fois d'un accent furieux :

– *Hōichi !...*

Ce dernier resta figé sur place.

La voix murmura alors :

– Cela ne se passera pas ainsi ! Il faut que je voie où il est !

Les lourds pieds chaussés de fer gravirent les marches de la véranda, s'approchèrent et s'arrêtèrent à côté de l'aveugle. Puis, pendant de longues minutes durant lesquelles Hōichi crut entendre les battements précipités de son cœur, il y eut un profond silence.

Enfin la voix rauque prononça tout près de lui :

– Voici la biwa, mais du musicien je ne vois rien... *que ses deux oreilles !...* Cela m'explique pourquoi il ne m'a pas répondu : n'ayant pas de bouche, il ne pouvait parler. Il ne reste de lui que deux oreilles ! Je vais les rapporter à mon seigneur, afin de lui prouver que j'ai obéi autant que possible à ses ordres !

Et au même instant, Hōichi sentit ses oreilles saisies brutalement par des doigts de fer et arrachées de sa tête !... Il ne cria pas malgré la douleur qui le tortura ! Les pas se retirèrent, traversèrent le jardin, s'engagèrent sur la route et s'éloignèrent dans la nuit.

Des deux côtés de son visage, l'aveugle sentit couler des gouttes épaisses et chaudes, mais il n'osa pas lever les mains.

Un peu avant l'aurore, le prêtre revint. Il se dirigea vivement vers la véranda et glissa sur une substance gluante… Il se recula en poussant un cri d'horreur... Car il vit, à la lumière de sa lanterne, Hōichi qui était encore assis dans l'attitude de la méditation, tandis que le sang s'épanchait de ses blessures.

– Mon pauvre Hōichi ! s'écria-t-il effrayé. Que vous est-il arrivé ?

En entendant la voix de son ami, l'aveugle comprit qu'il était sauvé. Il éclata en larmes et raconta tout ce qui s'était passé.

– Pauvre, pauvre Hōichi ! fit le prêtre avec compassion. Et dire que vous avez souffert uniquement par ma faute ! J'avais inscrit les textes sacrés sur tout votre corps, excepté sur vos oreilles ! Je croyais que mon acolyte s'était occupé de cela ! J'aurais dû m'en assurer moi-même ! Nous ne pouvons à présent qu'essayer de vous guérir... Consolez-vous, mon ami, le danger est passé, et vous ne serez plus jamais troublé par des visiteurs nocturnes !

*

Grâce aux bons soins d'un excellent médecin, les blessures de Hōichi se cicatrisèrent. Le bruit de sa singulière aventure se répandit au loin, et il devint bientôt célèbre. Beaucoup de nobles seigneurs se rendirent à Shimonoséki afin de l'entendre déclamer, et quelques-uns lui donnèrent de grosses sommes d'argent... Il devint en peu de temps un homme riche !...

Mais, dorénavant, il ne fut plus connu que sous le nom de « Mimi-Nashi-Hōichi », ce qui veut dire : « Hōichi le Sans-Oreilles ».

青海亭亀人
花實亭常磐

La Femme de la neige

(Yuki-Onna) [1]

Deux bûcherons, Mosaku et Minokichi, habitaient un village de la province de Mushasi. Mosaku était un vieillard, et son aide, Minokichi, un garçon de dix-huit ans. Ils se rendaient chaque jour à une forêt située à cinq kilomètres environ de leurs demeures. Pour y arriver, il leur fallait traverser une large rivière, au moyen d'un bachot. Bien qu'on eût souvent tenté de construire un pont au-dessus de la rivière, on ne put jamais y parvenir. Car nul ne résiste aux courants lors de la crue des eaux.

Un soir glacial, Mosaku et Minokichi s'en retournaient chez eux lorsqu'ils furent surpris par une violente tempête de neige. Ils gagnèrent la chaumine du bachoteur, mais trouvèrent qu'il s'était en allé, après avoir amarré sa barque sur la rive opposée. Comme il faisait trop froid pour nager, les deux bûcherons se réfugièrent dans la chaumière, en s'estimant très heureux d'être à l'abri. Il n'y avait aucune accommodation pour faire du feu : deux nattes à terre constituaient tout le mobilier. Ils barricadèrent la petite porte, qui servait aussi de fenêtre, et ils s'étendirent sur les nattes,

1. La Femme de la neige, ou le Spectre de la neige, dont la forme habituelle est celle d'une belle jeune femme dont les caresses causent la mort.

n'ayant, pour toute couverture, que leurs manteaux de pluie en paille. Au début le froid ne les fit pas trop souffrir, et ils croyaient que l'ouragan cesserait vite.

Le vieillard s'endormit presque aussitôt, mais Minokichi demeura longtemps éveillé. Il écoutait les sifflements du vent et le choc des masses de neige qui heurtaient la porte de bois. C'était une tempête terrible... L'air se glaçait chaque instant davantage et Minokichi frissonnait sous son manteau de paille.

Enfin le sommeil l'envahit.

Il fut réveillé par des flocons de neige qui tombaient sur ses joues. La porte de la cabane était ouverte et, à la clarté intense de la «lumière de neige» (*yuki-akari*), il distingua une femme, tout en blanc, debout dans la chambrette. Elle était penchée sur Mosaku et lui soufflait au visage... Son haleine était comme une brillante fumée blanche. Soudain, elle se tourna du côté de Minokichi et se baissa vers lui. Il essaya de crier mais ne put articuler aucun son... La femme inconnue se courbait toujours au-dessus de lui et sa figure touchait presque la sienne... Il vit qu'elle était très belle, mais il eut peur de l'expression de ses yeux. Elle le contempla un long moment, puis elle dit avec un sourire :

– Je comptais vous faire mourir ainsi que le vieillard, mais, à cause de votre extrême jeunesse, je ne puis m'empêcher de ressentir de la pitié pour vous !... Je ne vous ferai pas de mal, Minokichi, car vous êtes un joli enfant... Néanmoins, si jamais vous racontez à personne, fût-ce même à votre mère, ce dont vous avez été témoin cette nuit, je le saurai et je vous tuerai. Souvenez-vous de mes paroles !...

Puis elle se détourna de lui et sortit.

Minokichi se sentit alors redevenu maître de ses mouvements. Il se leva d'un bond et courut regarder au dehors... La femme en blanc avait disparu et la neige

江戸名勝圖會
御茶の水

pénétrait dans la chaumine par grandes rafales. Le jeune homme referma l'huis, en prenant soin de le consolider de plusieurs morceaux de bois... Il se dit que, sans doute, le vent l'avait ouverte et que ce qu'il avait pris pour la silhouette d'une femme n'était que le reflet de la « lumière de neige »... Toutefois, il n'était pas encore rassuré. Il appela Mosaku et fut effrayé lorsque le vieillard ne lui répondit pas. Alors il étendit les mains et tâtonna dans l'obscurité... Il toucha le visage glacé du vieux bûcheron.

Mosaku était mort...

À l'aube l'ouragan cessa. Le bachoteur revint à sa hutte vers le lever du soleil. Il y trouva Minokichi étendu sans connaissance à côté du cadavre du vieux Mosaku. Le jeune garçon fut bien soigné et revint vite à lui, mais il demeura longtemps malade des effets de cette nuit de tempête. Il fut très chagriné par la mort de son ancien maître, mais il ne décrivit à personne la vision qu'il avait eue. Une fois guéri, il reprit son travail. Chaque matin il se rendait seul à la forêt et revenait vers le crépuscule, portant la lourde charge de bois que sa mère allait vendre ensuite à la ville.

Un soir de l'année suivante, Minokichi retournait chez lui lorsqu'il dépassa une jeune fille qui parcourait le même chemin. Elle était grande, mince, très belle, et elle répondit à la salutation du bûcheron d'une voix douce, pareille au gazouillis d'un oiseau. Il marcha près d'elle et ils se mirent à causer. La jeune fille dit s'appeler O-Yuki[2] ; elle venait de perdre ses parents et se rendait à Yedo, chez des amis qui lui avaient promis de la placer comme servante. Minokichi se sentait charmé par la jolie étrangère. Plus il la regardait, plus elle lui paraissait

2. Ce nom, signifiant « Neige », est assez commun au Japon.

belle. Il lui demanda si elle était déjà fiancée : ce fut en riant qu'elle lui répondit qu'elle était libre. Puis, à son tour, elle voulut savoir si Minokichi était marié. Il lui dit qu'il vivait seul avec sa mère, et qu'ils n'avaient pas encore envisagé la question d'une « honorable belle-fille ».

Après ces confidences réciproques, ils continuèrent leur chemin sans plus parler. Mais, comme dit le proverbe, « lorsque le désir est là, les yeux en disent autant que la bouche... ». À leur arrivée au village, ils étaient fort agréablement impressionnés l'un par l'autre. Minokichi pria O-Yuki de se reposer un instant chez lui. Elle hésita, puis finit par l'accompagner... La mère du jeune homme la reçut cordialement et, devant le grand charme d'O-Yuki, ressentit pour elle une affection spontanée. Elle parvint même à la persuader d'ajourner son départ pour Yedo.

Or, il advint qu'O-Yuki ne se rendit jamais à la ville. Elle demeura dans la maison de Minokichi en qualité « d'honorable belle-fille ».

O-Yuki fut une bru exemplaire. Lorsque sa belle-mère mourut, ses dernières paroles furent un tendre éloge pour la femme de son fils. O-Yuki mit au monde dix enfants, tous très beaux et d'une grande blancheur de teint. Les habitants de la contrée la considéraient comme douée d'une force surnaturelle, car, tandis que les autres paysannes se flétrissaient vite, elle semblait rester aussi jeune et fraîche que le jour de son arrivée au village, quoiqu'elle eût été dix fois mère.

Un soir, les enfants couchés, O-Yuki cousait près d'une lampe, dont la lumière blanche inondait son visage. Minokichi la contempla longuement et lui dit enfin :

– En vous voyant ainsi, le visage baigné par cette douce clarté, je me souviens d'une aventure bizarre qui m'advint lorsque j'étais un gamin de dix-huit ans. Il s'agit d'une femme qui était aussi belle que vous... Elle vous ressemblait même étonnamment...

Sans lever les yeux de son ouvrage, O-Yuki répondit :

– Parlez-moi d'elle... Où l'avez-vous vue ?

Minokichi lui raconta alors la nuit terrible passée dans la hutte du bachoteur. Il lui décrivit la femme en blanc qui s'était penchée au-dessus de lui en souriant et il lui dépeignit aussi la mort tragique et silencieuse du vieux Mosaku.

Et il déclara :

– Ce fut l'unique fois qu'éveillé ou endormi j'ai vu une créature aussi belle que vous... C'était, bien entendu, un être surnaturel... J'en avais peur... très peur !... Elle était si blanche ! À vrai dire, je n'ai jamais pu déterminer si c'était un rêve que j'avais fait ou si j'avais vraiment vu la Femme de la neige !

À ces mots, O-Yuki rejeta loin d'elle son ouvrage et se dressa menaçante. Puis, se penchant au-dessus de son mari assis à terre, elle lui cria :

– C'est moi que vous avez vue !... Moi !... O-Yuki !... Je vous avais prévenu que je vous tuerais si vous parliez à qui que ce fût de ce que vous aviez vu ce soir d'orage ! Je tiendrais ma parole à l'instant même, si ce n'était à cause des enfants qui dorment dans la pièce voisine !... Tâchez de prendre bien soin d'eux, car s'ils ont jamais la moindre occasion de se plaindre de vous, je vous traiterai comme vous le méritez !...

Comme elle criait, sa voix allait en s'affaiblissant et devint pareille à la plainte du vent... O-Yuki se dissipa en une buée blanche, fine et étincelante, qui s'éleva en spirales vers les poutres enfumées du plafond et disparut en vacillant par le « trou pour la fumée ».

On ne l'a jamais plus revue...

尾上
五渡亭國貞画

川中嶌百勇将戦之内

Celui qui avala un fantôme

(In a Cup of Tea)

Vous est-il arrivé parfois de gravir les marches en spirale qui s'enfoncent dans les ténèbres d'une vieille tour et de vous trouver soudain, au cœur de ces ténèbres, parmi les toiles d'araignée, au seuil du vide ?... Avez-vous, le long d'une grève, parcouru quelque sente taillée dans la falaise, uniquement pour découvrir enfin, dans un brusque tournant, que vous n'aviez devant vous qu'une crevasse abrupte ?... La valeur des émotions ressenties en pareille circonstance s'affirme – au point de vue littéraire – par l'intensité des sensations et la vivacité des souvenirs qu'elles laissent.

On trouve, curieusement conservés dans de vieux recueils japonais, des récits inachevés qui procurent au lecteur des impressions quelque peu semblables...

L'auteur s'est-il abandonné à la paresse ? S'est-il pris de querelle avec son éditeur ? Brusquement appelé tandis qu'il écrivait à sa petite table, est-il parti pour ne jamais revenir ? La mort a-t-elle immobilisé son pinceau au beau milieu d'une phrase ? Personne ne pourrait dire pourquoi l'œuvre en est restée là...

Je choisis un exemple caractéristique.

*

Le quatrième jour du premier mois du troisième Tenwa – c'est-à-dire il y a deux cent et vingt ans à peu près – le seigneur Nakagawa Sado qui s'était mis en route pour faire une visite de nouvel an, s'arrêta un moment avec sa suite dans une maison de thé à Hakusan. C'est un quartier de Yedo dans le district appelé Hongō. Tandis que les autres se reposaient, un des serviteurs du magnat – un *wakato*[1] du nom de Sekinaï – éprouvant une soif ardente, se versa une grande tasse de thé. Il la portait à ses lèvres quand il vit soudain dans l'infusion jaune et limpide, l'image réfléchie d'une figure qui n'était pas la sienne. Surpris, il regarda tout autour de lui sans découvrir personne. Le visage aperçu dans le liquide était, à en juger par la coiffure, celui d'un jeune samouraï. Il était singulièrement net, très beau et d'une délicatesse toute féminine. Et l'image renvoyée paraissait bien vivante car les yeux et les lèvres se mouvaient. Effaré par cette apparition mystérieuse, Sekinaï jeta le breuvage et se mit à examiner soigneusement le récipient. C'était un bol très simple, sans ornementation artistique d'aucune sorte. Il se fit apporter d'autre thé qu'il versa et au même instant l'étrange figure reparut, cette fois avec un sourire moqueur. Mais Sekinaï ne voulut pas se laisser envahir par la peur. – Qui que tu sois, murmura-t-il, tu ne te joueras pas de moi plus longtemps ! – Et il but le thé, avec l'image qu'il contenait, puis s'en alla, se demandant s'il n'avait pas avalé un fantôme.

Le même soir, très tard, tandis qu'il était de garde dans le palais du seigneur Nakagawa, Sekinaï fut surpris par l'entrée silencieuse d'un étranger dans l'appartement. Cet étranger, un jeune samouraï richement vêtu, vint

1. Homme d'armes au service d'un samouraï. Le *wakato* était au samouraï ce que l'écuyer était au chevalier.

s'asseoir bien en face de Sekinaï, puis, ayant salué le *wakato* d'une légère inclinaison de tête, lui dit :

– Je suis Shikibu Heinaï ; je vous ai rencontré aujourd'hui pour la première fois. Vous n'avez pas l'air de me reconnaître ?...

Il parlait d'une voix très basse, mais pénétrante. Et Sekinaï fut surpris de retrouver devant lui ce visage sinistre et beau que le jour même il avait vu et bu... l'apparition de la tasse de thé. Il souriait comme avait souri le fantôme ; mais au-dessus des lèvres ironiques, les yeux – avec leur regard fixe – provoquaient et insultaient tout à la fois.

– Non, je ne vous reconnais pas, répondit Sekinaï irrité mais très maître de lui. Peut-être aurez-vous la bonté de me dire comment vous êtes parvenu à vous introduire dans cette demeure.

Au temps de la féodalité, la résidence d'un seigneur était strictement gardée en tout temps. On ne pouvait entrer sans être annoncé, sauf par quelque impardonnable négligence des gardes armés.

– Ah ! vous ne me reconnaissez pas ? s'exclama l'étranger d'un ton sarcastique, tout en se rapprochant un peu. Vous ne me reconnaissez pas ? Non ? Cependant, vous vous êtes permis ce matin de me faire une mortelle injure !...

Sekinaï s'arma soudain du *tantō*[2] qu'il portait à sa ceinture et d'un coup violent frappa l'étranger à la gorge ; mais on eût dit que la lame n'avait rencontré que le vide. Au même instant et sans bruit, l'homme fit un bond de côté vers la muraille qu'il traversa... Nulle trace n'était visible sur la paroi. Il avait passé comme la lumière de la bougie à travers le papier de la lanterne.

2. Le plus court des deux sabres que portaient les nobles japonais. L'autre s'appelait katana.

Lorsque Sekinaï fit rapport de ce qui lui était arrivé, ses auditeurs furent aussi intrigués que stupéfaits. On n'avait vu entrer ni sortir aucun étranger à l'heure qu'il indiquait. De plus, jamais auparavant aucun des serviteurs de Nakagawa n'avait entendu parler de Shikibu Heinaï.

La nuit suivante, Sekinaï n'était pas de service et il ne quitta pas la demeure de ses parents. Il était assez tard quand on vint lui dire que des étrangers se présentaient au logis et désiraient l'entretenir un moment. Il prit un sabre et se rendit à la porte où il trouva trois hommes armés – des vassaux en apparence – qui l'attendaient devant le seuil. Ils s'inclinèrent avec respect et l'un d'eux prit la parole :

– Voici nos noms : Matsuoka Bungo, Tsuchibashi Bungo et Okamura Heiroku. Nous sommes attachés à la maison du noble Shikibu Heinaï. Notre maître vous a honoré de sa visite la nuit dernière et vous l'avez frappé d'un coup de sabre. Il est grièvement blessé et il a fallu le conduire aux sources thermales où il se trouve en traitement. Le seizième jour du mois prochain, il reviendra. Vous recevrez alors la juste rétribution de l'outrage que vous lui avez fait...

Sans attendre un mot de plus, Sekinaï bondit, son arme à la main, et se mit à sabrer les étrangers de droite et de gauche. Mais les trois hommes se précipitèrent vers la muraille voisine qu'ils franchirent en remontant comme des ombres et...

*

Ici s'arrête le vieux récit. La suite de l'histoire n'a existé que dans un cerveau dont il ne reste depuis plus d'un siècle qu'un peu de poussière.

Je pourrais esquisser plus d'un dénouement. Aucun ne serait satisfaisant pour une imagination occidentale. J'aime mieux laisser au lecteur le soin de décider quel est le sort probable de l'homme qui a avalé un fantôme.

一勇齋國芳画

富士三十六景
房州保田海岸
廣重畫

Le Songe d'un jour d'été

(The Dream of a Summer Day)

I

L'auberge me parut un paradis, et les servantes, des créatures célestes ; car je venais de fuir loin d'un des ports ouverts, où je m'étais aventuré, en quête de confort, dans un hôtel européen pourvu des derniers perfectionnements modernes. Ce fut donc pour moi comme la rédemption de tous les maux du XIXe siècle que de me retrouver à mon aise dans un *yukata*, assis sur des nattes fraîches et moelleuses, servi par des jeunes filles aux voix douces, entouré de choses belles. Pour déjeuner on me donna des pousses de bambou et des bulbes de lotus. Un éventail qui semblait venir du ciel me fut présenté comme souvenir. Sa décoration représentait seulement une grande vague se brisant en écume sur une grève, et des oiseaux de mer s'essorant en délire vers le bleu infini. Mais en le contemplant, j'étais récompensé d'avoir fait le voyage. C'était à la fois une gloire de lumière, un tonnerre de mouvement, un triomphe du vent de mer. Et tandis que je l'admirais, cela me donnait envie de crier.

Entre les piliers en bois de cèdre de l'auberge, je pouvais apercevoir toute l'étendue de la jolie ville grise qui suivait la ligne de la côte – les jonques jaunes paresseusement endormies à l'ancre – la baie s'élargissant entre d'énormes falaises vertes – et au-delà, jusqu'à l'horizon, le flamboiement de l'été. Et, à cet horizon, il y avait des contours de montagnes, effacés comme d'anciens souvenirs... Et toutes choses, sauf la ville grise, les jonques jaunes et les falaises vertes, étaient bleues.

Alors une voix, douce comme le son d'une cloche mue par le vent, se mit à tinter des mots de courtoisie, dans ma rêverie, et elle la rompit ; je perçus que la maîtresse de céans était venue pour me remercier du *chadai*[1], et je me prosternai devant elle. Elle était très jeune et plus que charmante, pareille aux vierges-phalènes et aux femmes-libellules de Kunisada. Et je songeai tout de suite à la mort, car la beauté n'est parfois qu'un deuil par anticipation.

Elle me demanda où j'avais honorablement[2] l'intention de me rendre, afin qu'elle pût me commander un *kuruma*[3]. Et je lui répondis :

– À Kumamoto. Mais je désire vraiment savoir comment votre maison s'appelle, afin que je puisse toujours m'en souvenir.

– Mes chambres d'hôtes, fit-elle, sont augustement insignifiantes, et mes servantes sont honorablement grossières ; mais on appelle cette auberge la demeure d'Urashima. Et maintenant je vais vous commander un *kuruma*.

La musique de sa voix se tut, mais je sentis l'enchantement tomber tout autour de moi, comme les mailles d'un filet fantôme. Car le nom de Urashima est celui d'une chanson qui ensorcelle les hommes.

---

1. Petite somme d'argent toujours remise comme cadeau à une auberge, par l'hôte peu après son arrivée.

2. Honorablement, augustement, etc., formules de politesse japonaise.

3. Voiturette légère, à deux roues, traînée par un indigène.

II

Quand vous aurez entendu cette histoire, vous ne pourrez jamais plus l'oublier. Chaque été, lorsque je me trouve sur la côte – surtout par des journées très douces et très calmes – elle me hante avec persistance. Il existe bien des versions indigènes de cette légende qui ont inspiré d'innombrables œuvres d'art. Mais la plus émouvante et la plus belle se trouve dans le *Manyefushifu*, recueil de poèmes datant du Ve au IXe siècle. C'est d'après cette version que l'éminent lettré Aston la traduisit en prose, et que le grand savant Chamberlain la reconstitua en prose et en vers. Mais je crois que, pour les lecteurs anglais, la forme la plus charmante est celle que Chamberlain écrivit pour les enfants, dans la série des « Contes de Fées Japonais » – illustrée de délicieuses gravures en couleurs, exécutées par des artistes indigènes... Et c'est avec ce petit livre ouvert devant moi que je vais essayer de redire encore une fois cette vieille tradition, suivant ma propre fantaisie.

Il y a quatorze cents ans, le jeune pêcheur Urashima Tarō s'éloigna dans sa barque, loin de la côte de Suminoyé.

Les jours d'été étaient alors comme aujourd'hui – tout ensommeillés et d'un bleu tendre, avec seulement quelques légers nuages blancs suspendus au-dessus du miroir de la mer. Alors les collines étaient comme aujourd'hui – de lointaines et douces formes bleuâtres, se fondant dans le ciel bleu. Et les vents étaient paresseux.

Et l'adolescent, se sentant comme eux paresseux, laissa sa barque aller à la dérive tandis qu'il pêchait. C'était une barque bizarre, sans peinture et sans gouvernail, d'une forme que, sans doute, vous n'avez jamais vue. Et cependant, bien que quatorze cents ans se soient écoulés, on peut encore apercevoir des barques semblables, en face d'anciens hameaux de pêche sur la côte de la Mer du Japon.

Après une longue attente, Urashima sentit une secousse, et il tira sa ligne à lui. Mais il n'amena qu'une tortue.

Or la tortue est consacrée au dieu dragon de la Mer, et la durée de sa vie naturelle est de mille années – d'aucuns disent même de dix mille années. Il est donc très mal de la tuer. Le jeune homme dégagea doucement la tortue de l'hameçon, et lui rendit la liberté en adressant une prière aux dieux.

Mais il ne prit rien d'autre. La journée était très chaude, et l'air, la mer, et toutes choses étaient très calmes et très silencieux. Une torpeur profonde tomba sur Urashima, et il s'endormit dans sa barque qui flottait à la dérive.

Alors, hors du rêve de la mer s'éleva une vierge exquise – comme vous pouvez le voir dans la gravure qui sert d'illustration à la version du professeur Chamberlain. Elle était vêtue de cramoisi et d'azur, et ses longs cheveux noirs pendaient sur ses épaules à la mode des princesses d'il y a quatorze cents ans.

Elle approcha, glissant par-dessus les eaux, aussi doucement que la brise ; et elle vint se placer au-dessus de l'adolescent assoupi dans la barque, et elle l'éveilla d'un toucher léger, en lui disant :

– Ne soyez point surpris. Mon père, le Roi-Dragon de la Mer, m'envoie vous trouver, à cause de votre bon cœur ; car vous avez rendu, aujourd'hui, la liberté à une tortue. Et maintenant nous pourrons aller au palais de mon père, dans l'île où l'été ne meurt point. Et si vous

一勇斎國芳画

le désirez, je serai votre épouse fleur, et nous vivrons heureux pour toute l'éternité.

Urashima s'émerveillait de plus en plus en la regardant; car elle était plus belle qu'aucun être humain, et il ne pouvait faire autrement que de l'aimer. Alors elle s'empara d'une rame, il prit l'autre, et ils s'éloignèrent en ramant tous les deux – ainsi que l'on peut encore voir, de nos jours, près de la côte occidentale du Japon, la femme et le mari ramer ensemble, lorsque les barques de pêche flottent dans l'or du couchant.

Ils ramèrent vite et silencieusement, se dirigeant vers le sud, par-dessus l'eau calme et bleue – jusqu'à cette île où l'été ne meurt jamais – jusqu'au palais du Roi-Dragon de la Mer.

Ici le texte du petit livre s'efface soudain à nos yeux, et de faibles ondoiements bleus remplissent la page. Au-delà, dans un horizon féerique, on aperçoit la côte longue, basse et indéfinie de l'île, et des toits pointus qui surgissent hors du feuillage toujours vert – les toits du palais du dieu de la Mer, pareil au palais du Mikado Yuriaku, il y a quatorze cents ans passés.

Alors des serviteurs étranges vinrent au-devant d'eux. Ils étaient vêtus de costumes de cérémonie – et les êtres de la mer accueillirent Urashima comme beau-fils du Roi-Dragon.

Et la fille du dieu de la Mer devint l'épouse d'Urashima. Ce fut un mariage d'une splendeur merveilleuse et, dans le palais du Dragon, il y eut de grandes réjouissances.

Chaque jour apporta à Urashima des joies nouvelles, et de nouveaux sujets d'émerveillement : trésors du plus profond des abîmes rapportés par les serviteurs du dieu de l'Océan, plaisirs de ce pays enchanté où l'été ne meurt point... Trois années s'écoulèrent ainsi.

Mais, malgré toutes ces choses, le jeune pêcheur ressentait toujours une douleur lorsqu'il songeait à ses parents qui l'attendaient, solitaires. Un jour il supplia sa femme de le laisser retourner à son foyer, seulement pour peu de temps, afin de dire quelques mots à son père et à sa mère ; après quoi il se hâterait de la rejoindre.

À ces mots elle se mit à sangloter, et elle pleura longtemps en silence. Puis elle lui dit :

– Puisque vous désirez partir vous le pouvez. Cependant je redoute beaucoup votre départ, car je crains que nous ne nous revoyions plus. Mais je vais vous donner une petite boîte que vous emporterez. Elle vous aidera à revenir à moi si vous faites ce que je vous dis : ne l'ouvrez pas, surtout ne l'ouvrez pas, quoi qu'il advienne. Car, si vous l'ouvrez, jamais plus vous ne pourrez revenir, jamais plus vous ne me reverrez !

Elle lui remit une petite boîte en laque, attachée par une cordelette en soie.

On peut la voir encore aujourd'hui, dans le temple de Kanagawa, près de la côte ; et les prêtres y conservent aussi la canne à pêche d'Urashima Tarō, et quelques étranges bijoux rapportés par lui du royaume du Roi-Dragon.

Mais Urashima consola sa femme, et lui promit de ne jamais, jamais ouvrir la petite boîte, et même de ne jamais défaire la corde de soie qui la fermait. Puis il s'en alla dans la clarté estivale, par-dessus le songe de la mer toujours endormie, et le contour de l'île où l'été ne meurt point s'évanouit derrière lui comme un rêve. Et il vit de nouveau les montagnes bleues du Japon se dessinant sur le flamboiement blanc de l'horizon du nord.

浦嶋之子歸國
從龍宮城之圖
芳年

芳年漫画

Il pénétra dans sa baie natale ; il revint sur la plage accoutumée. Mais, tandis même qu'il regardait, il fut pris d'un grand trouble, d'un doute bizarre.

Car le site lui semblait pareil et pourtant différent. Il y avait bien un village, mais les formes des maisons étaient tout étranges ; étranges aussi étaient les arbres, les champs, et même les visages des passants. Presque toutes les bornes familières avaient été enlevées ; le temple shinto semblait avoir été reconstruit sur un nouvel emplacement ; les bois avaient disparu des collines avoisinantes. Seules, la voix du petit ruisseau coulant à travers le hameau et les formes des montagnes étaient les mêmes. Tout le reste paraissait nouveau et inconnu. Il essaya en vain de trouver la demeure de ses parents. Les pêcheurs le considéraient avec étonnement, et il ne pouvait se rappeler d'avoir jamais vu un seul de ces visages.

Un très vieil homme vint à passer, s'appuyant sur un bâton, et Urashima lui demanda le chemin qui conduisait à la demeure de la famille de Tarō. Mais le vieillard parut très surpris, et lui fit répéter plusieurs fois sa question. Enfin il s'écria :

– Urashima Tarō ! D'où venez-vous donc pour ne pas connaître cette histoire ? Urashima Tarō ?... Mais il y a plus de quatre cents ans qu'il s'est noyé, et dans le cimetière un monument vient d'être érigé en souvenir de lui. Et les tombes de tous les siens se trouvent aussi dans cet ancien champ de repos dont on ne se sert plus !... Urashima Tarō ! Comment pouvez-vous être assez insensé pour me demander où se trouve sa demeure ?

Et le vieillard s'en fut, clopin-clopant, riant de la simplicité de son interlocuteur.

Urashima se rendit alors au cimetière – au vieux cimetière dont on ne se servait plus – et il y vit sa propre tombe, ainsi que celles de son père et de sa mère, de ses autres parents, et de bien des personnes qu'il avait connues. Et les pierres tombales étaient si anciennes et si rongées par les mousses, qu'il était fort difficile de déchiffrer les noms qui y étaient gravés.

Alors il comprit qu'il était le jouet d'une illusion, et il s'en retourna vers la plage, tenant toujours à la main la petite boîte, présent de la fille du dieu de la Mer. Mais, que signifiait cette illusion ? Et que pouvait-il bien y avoir dans cette boîte ? Peut-être était-ce précisément le contenu de cette cassette qui était la cause de son illusion ?... Le doute vainquit la foi. Dédaignant la promesse qu'il avait faite à sa bien-aimée, il dénoua la cordelette de soie, il ouvrit la boîte. Aussitôt, sans bruit, une vapeur s'en échappa, blanche, froide, spectrale. Elle s'éleva dans l'air, tel un nuage d'été. Elle se mit à flotter rapidement vers le midi par-dessus la mer silencieuse... La boîte ne contenait rien d'autre.

Urashima comprit alors qu'il avait anéanti son propre bonheur, et que plus jamais il ne pourrait retourner auprès de sa bien-aimée, auprès de la fille du Roi de l'Océan. Et, dans son désespoir, il se lamenta et pleura amèrement !

Mais ce ne fut que pour un court moment. L'instant d'après il était lui-même changé. Un frisson glacé parcourut son sang ; ses dents tombèrent hors de sa bouche ; ses cheveux devinrent blancs comme la neige ; ses membres se desséchèrent ; sa force s'évanouit, et il s'effondra sur le sable, inanimé, écrasé par le poids de quatre cents hivers.

Or, dans les annales officielles des empereurs, il est écrit que «*pendant la vingt et unième année du règne du mikado Yuriaku, le jeune Urashima, de Midzunoyé, de la région de Yosa, dans la province de Tango, un des descendants de la divinité Shimanemi, se rendit à Horai*[4]*, dans une barque de pêche*». On n'entend, ensuite, plus parler d'Urashima pendant les règnes de trente et un empereurs et impératrices : c'est-à-dire du Ve au IXe siècle. Et puis les annales annoncent que «*dans la seconde année de Tenchiyō, pendant le règne du Mikado Go-Junwa, le jeune Urashima revint, et s'en alla aussitôt*[5] *nul ne sut où*».

III

L'hôtelière-fée revint m'avertir que tout était prêt, et elle essaya de soulever ma valise dans ses mains délicates ; je l'en empêchai, car mon bagage était lourd. Alors elle se mit à rire, et, ne voulant point permettre que je porte moi-même ce fardeau, elle appela un être de la mer, qui avait des caractères chinois inscrits sur son dos. Alors je me prosternai, et elle me pria de bien vouloir me souvenir de sa maison indigne, en dépit de la grossièreté des servantes.

– Et, me recommanda-t-elle, vous ne paierez le *kurumaya* que soixante-quinze sen.

Je me glissai dans le véhicule et, en quelques instants, la petite ville grise avait disparu derrière un tournant. Je roulais le long d'une route blanche, surplombant la plage. À ma droite s'élevaient des falaises d'un brun pâle ; à ma gauche il n'y avait rien que l'espace et la mer.

Mille après mille, je roulais le long de cette côte, regardant la lumière infinie. Tout baignait dans le bleu,

4. Les Champs-Elysées de la mythologie japonaise.

5. Voir *Classical Poetry of the Japanese*, par le professeur Chamberlain, dans les *Oriental Series* éditées par Trübner. Suivant la chronologie de l'Occident, Urashima partit pour la pêche en l'an 477 de notre ère, et revint en l'année 825.

dans un bleu merveilleux, pareil à celui qui va et vient au cœur d'un grand coquillage. Le bleu ardent de la mer rejoignait le creuset bleu du ciel, dans un éclat de fusion électrique, et de vastes apparitions bleues, les montagnes de Higo se dressaient hors de cet éclat comme des masses d'améthystes. Quelle transparence azurée ! Le bleu universel n'était rompu que par la blancheur éblouissante de quelques hauts nuages d'été, enroulés immobiles dans le lointain, au-dessus d'un pic fantôme. Ils se reflétaient dans l'eau, en de vacillantes lueurs neigeuses. Des barques minuscules, très éloignées, semblaient traîner dans leurs sillons de longs fils, seules lignes définies dans toute cette gloire embrumée. Quels nuages divins ! Blancs esprits purifiés de nuages s'arrêtant sur leur chemin vers la béatitude du nirvâna ? Ou peut-être les brumes échappées de la cassette d'Urashima, il y a mille ans passés ?

L'âme infinitésimale qui est en moi s'en fut voler dans ce rêve d'azur, entre la mer et le soleil, et s'en retourna à la côte de Suminoyé, à travers les fantômes de quatorze cents étés. Vaguement je sentais sous moi le balancement d'une barque. C'était sous le règne du Mikado Yuriaku. Et la fille du Roi-Dragon me disait de sa voix argentine :

– Maintenant nous allons nous rendre au palais de mon père, où il fait toujours bleu.

– Pourquoi, toujours bleu ? demandais-je.

– Parce que, répondait-elle, j'ai mis tous les nuages dans une boîte.

– Mais je dois retourner chez moi, protestais-je résolument.

– Alors, déclarait-elle, vous ne paierez le *kurumaya* que soixante-quinze sen !

Sur quoi je m'éveillai dans le *Dayō*, ou Période de la Plus Grande Chaleur, à la vingt-sixième année du Meiji, et j'aperçus le signe évident de cette ère dans l'alignement des poteaux télégraphiques qui s'étendaient à perte de vue, du côté intérieur de la route. Le *kuruma* fuyait toujours le long du rivage, devant la même vision bleue du ciel, des cimes et de la mer ; mais les nuages blancs avaient disparu et, côtoyant le chemin, il n'y avait plus de falaises, mais des champs de riz et de froment, qui se prolongeaient jusqu'aux lointaines collines. Les poteaux télégraphiques attirèrent un instant mon attention, car, sur le fil supérieur, et seulement sur celui-là, étaient perchées des légions de petits oiseaux, ayant tous leurs têtes tournées vers la route, et nullement effrayés par notre passage. Ils demeuraient immobiles, nous regardant du haut de leur attitude comme si nous n'étions que quelque phénomène passager. Il y en avait des milliers, tous perchés en rangées, pendant des lieues. Et je ne pouvais en discerner un seul qui eût la queue tournée vers la route. Pourquoi se tenaient-ils ainsi, et qu'attendaient-ils ? Je ne pus le deviner. Par instants je criais très haut, et j'agitais mon chapeau pour leur faire peur ; alors, quelques-uns s'élevaient en voletant et en piaillant, puis retombaient sur le fil dans la même position qu'auparavant. Le plus grand nombre refusait de me prendre au sérieux !

Le fracas des roues se perdit dans un profond roulement de tambour, et comme nous passâmes en tourbillon à travers un village, j'aperçus, sous un hangar, un immense tambour, battu par des hommes nus.

– Ô *kurumaya* ! criai-je. Cela, qu'est-ce donc ?

Et lui, sans s'arrêter me répondit :

六十余州名所図会
伊豫 西條
廣重筆

– Partout maintenant la même chose existe. Longtemps pluie il n'y a pas eu ; donc prières sont faites aux dieux, et des tambours sont battus.

Nous passâmes par d'autres villages, et je vis et j'entendis d'autres tambours de différentes grandeurs, et d'autres encore leur répondaient, venant de hameaux invisibles, par-delà les rizières desséchées.

IV

Je me mis à songer de nouveau à Urashima. Je pensai aux tableaux, aux poèmes et aux proverbes qui témoignent de l'influence qu'a exercée sa légende sur l'imagination d'un peuple. Je pensai à une petite danseuse d'Izumo que je vis à un festin, et qui mima le rôle d'Urashima, tenant une petite boîte en laque d'or, d'où surgissait à l'instant tragique une bouffée d'encens de Kyōto. Je pensai aussi à l'antiquité de cette danse si belle – et aux générations de danseuses disparues – ce qui m'amena à songer ensuite à la poussière dans le sens abstrait, et puis à la poussière dans le sens concret, telle qu'elle était soulevée par les sandales du *kurumaya*, auquel je ne devais donner que soixante-quinze sen. Et je me demandai combien de poussière humaine était contenue dans cette poussière de la route, et si, dans l'ordre éternel des choses, le mouvement des cœurs était de plus de conséquence que le soulèvement de la poussière ? Alors ma moralité ancestrale s'alarma, et j'essayai de me persuader qu'une histoire qui avait vécu mille ans, en acquérant un nouveau charme à chaque siècle, n'avait pu survivre que par la vertu de quelque vérité qui s'y trouvait renfermée. Mais quelle était cette vérité ? Pour l'instant, je ne trouvais aucune solution à cette question.

La chaleur était devenue intense, et je criai :

– Ô *kurumaya* ! La gorge de l'Égoïsme est sèche ! De l'eau serait très désirable !

Lui, courant toujours, me répondit :

– Dans le village de la Longue Plage, pas très lointain, il y a une grande fontaine. Là sera donnée de l'eau auguste et pure !

Je criai de nouveau :

– Ô *kurumaya* ! Les petits oiseaux pourquoi de ce côté font-ils toujours face ?

Lui, courant plus vite encore, dit :

– Tous les oiseaux font face au vent.

Je ris d'abord de ma naïveté, puis de mon manque de mémoire, me souvenant qu'on m'avait jadis dit cela, quand j'étais un enfant... Peut-être le mystère d'Urashima avait-il pu être pareillement créé par l'oubli ?

Je songeai à Urashima. Je vis la fille du Roi-Dragon attendant en vain dans le palais tout embelli pour le retour de son mari, et l'arrivée du nuage impitoyable annonçant ce qui s'était passé, et les êtres de la mer, affectueux et gauches, dans leurs costumes de cérémonie, essayant de la consoler. Mais dans la vraie légende on ne parlait pas de tout cela, la pitié du peuple semblait réservée pour Urashima. Et je me mis à discourir avec moi-même de la sorte :

Est-il juste de compatir aux malheurs d'Urashima ? Bien entendu, il avait été mystifié par les dieux. Mais qui n'est point trompé par les dieux ? Qu'est-ce que la vie, sinon une mystification ? Et Urashima, dans son trouble, douta du dessein des déités : il ouvrit la boîte. Il mourut ensuite sans souffrir, et on lui érigea un temple sous le nom d'Urashima Mio-jin. Pourquoi donc tant de pitié ?

En Occident les choses s'arrangent tout différemment : quand nous avons désobéi à nos dieux, il nous reste encore la possibilité de vivre et de connaître la profondeur, la hauteur et l'étendue de la suprême douleur. On ne nous permet point de mourir bien confortablement, au meilleur moment possible ; on nous permet encore moins de devenir après la mort de petits dieux. Comment pouvons-nous nous apitoyer sur la folie d'Urashima, qui a vécu si longtemps seul avec les dieux visibles ?

Peut-être le fait de ressentir cette pitié résout-il l'énigme ? Cette pitié doit être la pitié de soi-même ; c'est pour cela que cette légende est sans doute la légende d'une myriade d'âmes. Et je me rappelle toujours à certaines heures de lumière bleue et de douces brises, et toujours comme un ancien reproche. Elle est en rapports très étroits avec une certaine saison, et avec la sensation de cette saison, pour ne pas se rapporter aussi à quelque chose de réel dans ma vie ou dans celle de mes ancêtres. Ce quelque chose de réel, qu'était-ce ?... Qui était la fille du Roi-Dragon ? Où se trouvait l'île de l'été éternel ? Le nuage enfermé dans la boîte, qu'était-ce ?

Je ne pus répondre à toutes ces questions. Je sais seulement ceci, qui n'est point nouveau :

J'ai le souvenir d'un lieu et d'un temps magiques, où le soleil et la lune étaient plus grands et plus brillants qu'ils ne le sont aujourd'hui. Je ne puis dire si c'était dans cette vie, ou dans une existence précédente. Mais je sais que le ciel était beaucoup plus bleu et plus près de la Terre, à peu près comme il apparaît au-dessus des mâts d'un steamer naviguant sous l'été équatorial. La mer vivait et parlait ; et, lorsqu'il me

caressait, le vent me faisait pleurer de joie. Une ou deux fois depuis lors, pendant des journées divines passées sur les cimes, j'ai rêvé pour un instant qu'un vent pareil soufflait ! Mais ce n'était qu'un souvenir !...

Et dans ce lieu magique les nuages étaient merveilleux. Ils avaient des couleurs innommées, des couleurs qui me donnaient faim et soif. Je me rappelle aussi que les jours étaient beaucoup plus longs que les jours présents, et que chacun m'apportait de nouveaux plaisirs. Et toute cette contrée et cette époque étaient doucement dominées par une personne qui ne songeait qu'à me rendre heureux. Parfois je refusais le bonheur qu'elle m'offrait, et cela lui causait toujours de la peine, bien qu'Elle fût divine ; et je me rappelle aussi que j'essayais très fort d'être contrit. Lorsque le jour s'éteignait, pendant ce moment de grand calme lumineux qui précède le lever de la lune, Elle me racontait des histoires qui me donnaient un frisson de plaisir. Je n'ai jamais entendu d'aussi belles histoires. Et, lorsque ma joie devenait trop intense, Elle me chantait une petite et étrange complainte qui toujours amenait le sommeil.

Enfin, vint le jour de la séparation ; elle pleura, et elle me dit que je ne devais jamais, jamais perdre certain talisman qu'elle m'avait donné ; car il me conserverait jeune et me fournirait le pouvoir de revenir à elle. Mais je ne revins jamais. Les années s'écoulèrent, et un jour je m'aperçus que j'avais perdu le talisman, et que j'étais devenu ridiculement vieux !

V

Le village de la Longue Plage, situé au pied d'une falaise verte, près de la route, se compose d'une douzaine de chaumines pelotonnées autour d'une mare rocailleuse, ombragée par des pins. La mare déborde d'une eau froide, provenant d'une source qui jaillit directement du cœur du rocher ; ainsi le poème devrait jaillir directement du cœur du poète. C'était évidemment une halte fréquentée, à en juger par le nombre de *kuruma*, et des gens qui s'y reposaient. Sous les arbres se trouvaient des bancs ; après avoir étanché ma soif, je m'assis pour fumer. Je regardais les femmes qui lavaient le linge, et les voyageurs qui se rafraîchissaient. Mon *kurumaya*, lui, se dévêtait et se lançait des seaux d'eau froide sur le corps. Un adolescent portant un bébé sur le dos me servit le thé, et je me mis à jouer avec l'enfant qui me répondit : « Ah ! Bah ! »

Ce sont les premiers sons articulés par un bébé japonais ; mais ils sont purement orientaux et, en Romaji, devraient être écrits : « Aba ». Et *aba*, en tant que parole instinctive, est intéressante. C'est, dans le parler des petits Japonais, le mot qui signifie « adieu » – précisément le dernier qu'on s'attendrait à entendre prononcer par un enfant qui fait son entrée dans ce monde d'illusion. À qui, ou à quoi, cette petite âme dit-elle adieu ? À des amis de quelque existence antérieure encore présente à sa mémoire ? Ou bien aux compagnons de son voyage spectral de l'on-ne-sait-où ? On peut ainsi sans crainte faire toutes ces pieuses hypothèses, l'enfant ne pourra jamais décider pour nous. Il aura oublié ce qu'étaient ses pensées à l'instant mystérieux de ses premières paroles, bien avant qu'il lui soit possible de répondre à nos questions.

Inopinément un souvenir bizarre me vint, évoqué sans doute par la vue du jeune homme portant le bébé, peut-être par la chanson de l'eau dans la falaise : le souvenir d'une fable.

Il y a très, très longtemps, un pauvre bûcheron et sa femme vivaient parmi les montagnes. Ils étaient fort vieux et n'avaient point d'enfants. Chaque jour le vieillard se rendait seul à la forêt abattre du bois, tandis que sa femme restait à filer à la maison.

Un jour le vieil homme s'aventura plus loin que de coutume dans la forêt pour y chercher une certaine espèce de bois ; et il se trouva tout à coup au bord d'un petit ruisseau, qu'il n'avait encore jamais vu. L'eau y était étrangement pure et froide : il avait soif, car il venait de travailler rudement, et il faisait très chaud. Il enleva donc son grand chapeau de paille, s'agenouilla, et but une pleine gorgée. Cette eau sembla le rafraîchir de la façon la plus extraordinaire. Puis il aperçut son visage reflété dans la source et il tressaillit. C'était bien sa propre figure, mais pas ainsi qu'il avait l'habitude de la voir, dans le vieux miroir accroché chez lui ! C'était le visage d'un tout jeune homme ! Il ne pouvait en croire ses yeux. Il porta ses mains à sa tête ; l'instant d'avant complètement chauve, elle était maintenant couverte d'une épaisse chevelure noire ; son visage était devenu poli comme celui d'un adolescent ; toutes les rides avaient disparu. Au même instant il se découvrit une force nouvelle ; il contempla étonné ses membres qui avaient été si longtemps ratatinés par la vieillesse : ils étaient beaux à présent, et durcis par des muscles jeunes et vigoureux. Sans le savoir il avait bu à la Fontaine de Jouvence. Il était transformé !

Il se mit à bondir et à crier de joie ; puis il retourna chez lui en courant plus vite qu'il n'avait jamais couru de sa vie. Quand il entra dans sa maison, sa femme fut effrayée, car elle le prit pour un étranger ; et lorsqu'il lui conta la merveilleuse aventure elle ne le crut pas tout d'abord. Mais après un moment il réussit à la persuader que le jeune homme qu'elle voyait devant elle était bel et bien son mari. Il lui apprit où se trouvait la source, et l'invita à s'y rendre avec lui :

Alors elle dit :

– Vous voilà devenu si beau et si jeune que vous ne pouvez continuer à aimer une vieille femme. Je vais aller tout de suite à cette source. Mais il ne faut pas nous éloigner tous deux de la maison en même temps. Attendez-moi ici pendant que j'irai seule.

Elle courut jusqu'à la forêt ; elle découvrit la source et se mit à boire. Oh ! comme l'eau était fraîche et bonne ! La vieille bûcheronne but, et but, et but, ne s'arrêtant que pour reprendre haleine, se remettant ensuite à boire.

Son mari l'attendait avec impatience. Il espérait la voir revenir transformée en une jeune fille, mince et jolie. Mais elle ne revint pas. Il s'inquiéta et, fermant la demeure, il s'en fut à sa recherche.

Lorsqu'il parvint à la source il ne la vit pas. Il allait s'en retourner, quand il perçut un petit gémissement qui venait de l'herbe haute, au bord de la source. Il chercha et trouva les vêtements de sa femme, et... un bébé, un tout petit bébé, âgé tout au plus de six mois.

La vieille femme avait bu trop goulûment de l'eau magique : elle en avait bu plus qu'il ne fallait pour revenir à la jeunesse ; elle en avait bu jusqu'à retrouver la première enfance.

Le bûcheron prit le poupon dans ses bras. L'enfant le contemplait avec un regard triste et étonné. Et il le rapporta chez lui, en le berçant et en ruminant d'étranges et mélancoliques pensées.

À ce moment, suivant ma rêverie sur Urashima, la morale de cette histoire me parut moins satisfaisante qu'auparavant. Car en buvant trop avidement de la Vie, nous ne redevenons point jeunes.

Mon *kurumaya* revint, nu et rafraîchi ; il me dit qu'il ne pouvait, à cause de la chaleur, achever le trajet promis. Il m'avait procuré un autre coureur qui me transporterait le reste du chemin. Pour ce qu'il avait parcouru, il demandait cinquante-cinq sen.

Il faisait vraiment excessivement chaud, et dans le lointain palpitait toujours, pareil à la pulsation de la chaleur même, le son des grands tambours, qu'on battait pour appeler la pluie. Et je songeais à la fille du Dragon de la Mer :

– Elle m'avait annoncé, dis-je au *kurumaya*, que ce serait soixante-quinze sen. Et ce qu'on m'avait promis de faire n'a pas été accompli. Néanmoins vous recevrez cette somme, car je crains les dieux.

Et peu après, emporté par un coureur frais, je m'enfuis vers le vaste flamboiement, vers la région des grands tambours.

諸国瀧廻り
木曽海道
小野ノ瀑布
前北斎為一筆

新形三十六怪撰
清玄の霊
桜姫ヲ慕ふの図

La Première femme du samouraï

(The Reconciliation)

Il y avait, une fois, un jeune samouraï de Kyōto qui était tombé dans la misère à la suite de la ruine de son seigneur, et qui fut obligé de quitter sa demeure et de s'engager au service du gouvernement d'une lointaine province. Avant de quitter la capitale, le samouraï divorça d'avec sa femme qui était très belle et extrêmement bonne, pensant obtenir un avancement plus facile en contractant une autre alliance... Il épousa donc la fille d'une famille assez distinguée, et l'emmena avec lui dans la province où il était appelé à vivre désormais.

Or, ce fut au cours de son insouciante jeunesse et tenaillé aussi par la dure expérience de la misère, que le samouraï se méprit ainsi sur la valeur de cette affection qu'il répudia si légèrement. Car son second mariage ne fut pas heureux ; sa nouvelle épouse était dure et égoïste, et il eut bientôt toutes les raisons de songer, avec tristesse, à sa vie passée à Kyōto. Alors il découvrit qu'il aimait toujours sa première femme, qu'il l'aimait même beaucoup plus qu'il ne pourrait jamais aimer la seconde, et il commença à se rendre compte combien il s'était montré injuste et ingrat envers elle. Peu à peu son regret se transforma en un remords qui ne lui laissa point de répit. Des souvenirs de la femme qu'il avait trahie, son doux parler, ses sourires, ses façons d'être mignonnes et raffinées, sa patience inlassable, le hantaient continuellement.

Parfois, dans ses rêves, il la voyait assise à son métier, tissant, comme lorsqu'elle travaillait nuit et jour pour l'aider pendant leurs années de misère. Mais il la voyait plus souvent agenouillée seule dans la petite chambre désolée où il l'avait quittée, voilant ses pleurs derrière sa pauvre manche usagée. Même pendant les heures de son travail officiel, les pensées du samouraï se tournaient vers elle ; alors il se demandait comment elle vivait et ce qu'elle devenait. Quelque chose au fond de son cœur l'assurait qu'elle n'accepterait pas d'autre mari que lui, et qu'elle ne refuserait jamais de lui pardonner. Et il résolut, en son for intérieur, d'essayer de la retrouver dès qu'il pourrait se rendre à Kyōto, d'implorer son pardon et de la reprendre auprès de lui ; en somme, de faire tout ce qui était humainement possible pour réparer ses torts.

Mais les années s'écoulèrent.

Enfin, la mission officielle du gouverneur toucha à son terme, et le samouraï se trouva libre. Il résolut donc de retourner auprès de sa bien-aimée.

– Ah ! quelle cruauté, quelle folie j'ai commise en divorçant ! s'écria-t-il.

Il renvoya sa seconde femme dans sa famille, car elle ne lui avait point donné d'enfant, et, se hâtant vers Kyōto, il se mit à rechercher son épouse d'autrefois, sans même prendre le temps de changer son costume de voyage.

Lorsqu'il parvint à la rue où elle vivait jadis, il était déjà tard, et la nuit était tombée, la nuit du dixième jour du neuvième mois. La ville était aussi silencieuse qu'un cimetière. Mais grâce au clair de lune très brillant, il put trouver son ancienne maison sans aucune difficulté. Elle paraissait abandonnée ; de hautes herbes poussaient sur le toit. Il frappa contre les portes à glissières, mais personne ne lui répondit. Puis, s'étant rendu compte que les portes n'avaient pas été fermées de l'intérieur, il les poussa et entra.

La chambre principale était vide ; il n'y avait pas de nattes à terre ; un vent glacial soufflait par les crevasses du plancher, et la lune brillait par une fente dans le mur de l'alcôve. Les autres pièces présentaient le même aspect délabré. La maison semblait inoccupée.

Néanmoins, le samouraï résolut de visiter une dernière pièce à l'extrémité de la maison, une très petite chambre qui, jadis, avait été le lieu de repos préféré de sa femme. En approchant de l'écran qui la fermait, il tressaillit en constatant qu'une lumière éclairait l'intérieur de la chambrette. Il repoussa l'écran et ne put retenir un cri de joie, car il aperçut sa femme qui cousait à la clarté d'une lampe que coiffait un abat-jour en papier. Au même instant, ses yeux rencontrèrent les siens, et spontanément elle l'accueillit avec un sourire illuminé de bonheur, lui demandant seulement :

– Quand donc êtes-vous arrivé à Kyōto ? Et comment avez-vous réussi à me retrouver parmi toutes ces pièces obscures ?

Les années ne l'avaient pas changée. Elle paraissait aussi jeune et aussi belle que dans le souvenir le plus doux qu'il conservait d'elle ; mais plus douce encore que tout souvenir, la musique de sa voix lui parvint remplie d'un tremblement de joie émerveillée.

Alors il prit place joyeusement à ses côtés et lui raconta tout, lui avoua qu'il s'était amèrement repenti de son égoïsme et qu'il avait été très malheureux sans elle. Ah ! il l'avait certainement regrettée, et depuis longtemps il s'était promis de s'amender vis-à-vis d'elle ! Et tout en parlant, il la caressait et ne cessait de la supplier de lui pardonner.

Elle lui répondit avec une douceur aimante selon le désir de son cœur, en l'implorant de ne plus se reprocher quoi que ce fût. Elle lui dit qu'il avait eu tort de s'astreindre à souffrir à cause d'elle, car elle avait toujours senti qu'elle n'était pas digne d'être sa femme. Cependant elle savait que, s'il s'était séparé d'elle, ce n'avait été que poussé par la misère et que, tant qu'ils avaient vécu ensemble, il s'était toujours montré très bon, et elle, de son côté, n'avait pas cessé de prier pour son bonheur. Mais en admettant même qu'il pût y avoir une raison de parler de réparation, cette honorable visite qu'il daignait lui faire suffisait amplement à la consoler de tout son chagrin passé. Car quel bonheur plus grand pouvait-elle connaître que celui de le revoir ainsi, ne fût-ce même que pour un instant ?

– Pour un instant ? répondit-il avec un rire joyeux. Dis plutôt pour la durée de cent existences, ô ma bien-aimée ! Car, à moins que tu ne me le défendes, je reviens vivre avec toi pour toujours, oui, pour toujours ! Rien ne nous séparera plus désormais. Aujourd'hui, je possède des amis et des ressources : nous n'avons plus à craindre la pauvreté. Demain on m'apportera ici toutes mes richesses et mes domestiques viendront te servir. Et nous embellirons cette maison. Si je suis venu ainsi ce soir sans même changer de vêtements, c'est parce que j'étais poussé par un impatient désir de te revoir et de te dire tout cela. Elle parut très contente de ces paroles, et elle lui raconta à son tour tout ce qui était arrivé à Kyōto depuis son départ, tout, sauf toutefois ses propres chagrins dont elle refusait très doucement de parler. Ils bavardèrent fort tard de la sorte ; puis elle le conduisit vers une chambre plus chaude donnant au midi, et qui avait été jadis leur chambre nuptiale.

– N'as-tu personne dans la maison pour t'aider ? demanda-t-il en la voyant lui préparer sa couche.

– Non ! dit-elle en riant joyeusement. Je n'avais pas les moyens d'avoir une domestique. Alors j'ai vécu toute seule.

– Demain tu auras plusieurs domestiques, dit-il, des domestiques excellents, et tout ce dont tu pourras avoir besoin.

Alors ils s'étendirent pour se reposer, mais non point pour dormir, car ils avaient encore trop de choses à se dire ; et ils parlèrent du passé et de l'avenir jusqu'à l'aube naissante. Puis, involontairement, le samouraï ferma les yeux et s'endormit.

Lorsqu'il s'éveilla, le jour filtrait par les crevasses des volets à glissières et, à sa stupéfaction, il se vit étendu sur les planches nues d'un parquet moisi. Avait-il simplement fait un rêve ? Non. Elle était là... elle dormait. Il se pencha sur elle, la regarda et poussa un cri d'épouvante... Car la dormeuse n'avait pas de visage. Devant lui, enroulé dans son linceul, gisait le cadavre d'une femme, un cadavre à ce point émacié qu'il n'en restait plus rien que des ossements, et une longue chevelure noire tout emmêlée.

Alors, lentement, tandis qu'il se tenait tout grelottant d'horreur au soleil, son épouvante céda à un désespoir si affreux, à une douleur si atroce, que sa pensée s'accrocha en dépit de tout à l'ombre moqueuse d'un doute. Feignant ne pas connaître le voisinage, il se fit indiquer le chemin jusqu'à la maison où sa femme avait vécu.

– Il n'y a personne dans cette demeure, dit la personne qu'il interrogea. Elle appartenait à la femme d'un samouraï qui quitta la ville voici de longues années. Il divorça d'avec elle afin d'épouser une autre femme plus riche. Et elle en ressentit un tel chagrin qu'elle en tomba gravement malade... Or, elle n'avait point de parents à Kyōto, et personne pour la soigner. Alors elle mourut à l'automne de la même année, le dixième jour du neuvième mois.

浮世又平名画奇特
一勇斎
國芳画
彫竹
越平

Le Prêtre qui écrit avec cinq pinceaux en même temps

(The Writing of Kōbō-Daishi)

I

Kōbō-Daishi, le plus saint des prêtres bouddhistes et fondateur de la secte Shingon Shū, qui est la secte d'Akira, fut le premier qui apprit aux hommes du Japon à écrire l'écriture appelée Hiragama, et le syllabaire i-ro-ha[1]. Et Kōbō-Daishi était lui-même le plus merveilleux des calligraphes, et le sorcier le plus habile parmi tous les magiciens.

Or, dans le livre *Kobodaishi-ichi-dai-ki*, il est dit que, lorsqu'il était en Chine, le nom d'une certaine chambre dans le Palais impérial ayant été effacé par le temps, l'Empereur le fit appeler et lui dit d'écrire ce nom de nouveau. Sur quoi Kōbō-Daishi prit un pinceau dans sa main droite, et un pinceau dans sa main gauche, et un pinceau entre les orteils de son pied gauche, et un autre entre les orteils de son pied droit, et un autre dans sa bouche. Et, tenant ainsi ces cinq pinceaux, il traça sur le mur le nom désiré. Jamais on n'avait vu en Chine de caractères aussi beaux : ils coulaient sans heurt comme des ondes sur le courant d'une rivière.

1. Forme cursive du syllabaire japonais. I-ro-ha, trois premières lettres ou caractères de l'alphabet japonais.

Kōbō-Daishi prit ensuite un pinceau et lança de loin des gouttelettes d'encre sur le mur. Et, en tombant, ces gouttes se transformèrent en caractères merveilleux. Alors, stupéfait, l'Empereur décerna à Kōbō-Daishi le nom de Gohit su-Osho, ce qui signifie «le Prêtre qui écrit avec cinq pinceaux».

Une autre fois, tandis que le saint habitait à Taka Wasan près de Kyōto, l'Empereur, désirant que Kobo-daishi écrivît l'inscription de la tablette destinée au grand temple appelé Kongō-jō-ji, remit la tablette à un messager en lui disant de la porter à Kōbō-Daishi. Mais lorsque le messager de l'Empereur s'approcha de l'habitation de Kōbō-Daishi, il constata que la rivière était tellement grossie par les pluies que nul homme ne pouvait la traverser. Cependant, peu après, Kōbō-Daishi lui-même apparut sur la rive opposée, et en entendant ce que le messager de l'Empereur désirait, il ordonna de tenir la tablette en l'air. Le messager lui obéit et, de sa place sur la rive opposée, Kōbō-Daishi traça dans le vide les lignes des lettres avec son pinceau. Et au fur et à mesure qu'il les traçait, elles apparaissaient sur la tablette tenue par le messager, stupéfait.

II

Or, à cette époque, Kōbō-Daishi avait l'habitude de rêver en solitude le long de la rivière. Et un jour, tandis qu'il méditait ainsi, il remarqua près de lui un gamin qui le dévisageait avec curiosité. Les vêtements de ce gamin étaient ceux portés par la classe la plus pauvre, mais son visage était fort beau. Et tandis que Kōbō-Daishi se demandait qui il pouvait bien être, le gamin lui dit :

– Êtes-vous Kōbō-Daishi que les hommes appellent Gohit su-Osho, le Prêtre qui écrit avec cinq pinceaux en même temps ?

Et Kōbō-Daishi lui répondit :

– C'est bien moi.

Alors le gamin dit :

– Si vous êtes bien lui, veuillez, je vous prie, écrire sur le ciel.

Et Kōbō-Daishi se leva et prit son pinceau avec lequel il fit des gestes dans la direction du ciel comme s'il écrivait. Et bientôt les lettres parurent admirablement dessinées sur la face du ciel. Alors le gamin lui dit :

– Maintenant je vais essayer à mon tour.

Et il écrivit également sur le ciel comme l'avait fait Kōbō-Daishi. Et il dit de nouveau à Kōbō-Daishi :

– Je vous en prie, écrivez pour moi sur la surface de la rivière.

Alors Kōbō-Daishi écrivit sur les eaux de la rivière un poème à la louange de l'eau ; et les caractères demeurèrent un instant très beaux sur la face de la rivière où ils s'étaient posés comme des feuilles tombées. Mais bientôt ils suivirent le fil de l'eau et disparurent.

– Je m'en vais essayer à mon tour, dit le gamin.

Et il traça sur l'eau le caractère « dragon », le caractère *ryu* dans l'écriture qui est appelée *shōsho*[2], le caractère « herbe ». Et le caractère resta sur la surface mouvante des eaux et ne bougea point. Mais Kōbō-Daishi remarqua que le gamin n'avait pas posé le *ten* (le petit point appartenant au caractère) à la place voulue. Et il dit au gamin :

– Pourquoi n'avez-vous pas posé le *ten* ?

2. Écriture cursive des caractères chinois.

– Oh ! j'ai oublié, dit le gamin. Veuillez le faire pour moi.

Alors Kōbō-Daishi plaça le point. Et miracle, le caractère « dragon » devint un vrai dragon qui agita terriblement les eaux, tandis que le ciel s'obscurcit de nuages orageux et fulgura d'éclairs. Et le dragon monta au ciel dans un tourbillon d'orage.

Alors Kōbō-Daishi demanda au gamin :

– Qui donc êtes-vous ?

Et le gamin répondit :

– Je suis celui que les hommes adorent sur le Mont Gotai ; je suis le Seigneur de la Sagesse, Monju Bosatsu.

Et tandis même qu'il parlait, le gamin se transfigura. Sa beauté devint lumineuse comme la beauté des dieux, et ses membres devinrent radieux et répandirent aux alentours une douce clarté. Et toujours souriant, il monta vers le ciel et disparut derrière les nuages.

III

Mais Kōbō-Daishi lui-même oublia une fois de mettre le *ten* à côté du caractère, sur la tablette qu'il décora du nom de la porte Ōte-mon dans le palais de l'Empereur. Et, à Kyōto, l'Empereur lui demanda pourquoi il n'avait pas tracé le *ten* à sa place à côté du caractère. Kōbō-Daishi répondit :

– J'ai oublié, mais je vais le mettre maintenant.

Alors l'Empereur donna l'ordre d'apporter des échelles, car la tablette était déjà placée au-dessus de la porte. Mais Kōbō-Daishi, debout sur le trottoir devant la Porte, se contenta de lancer son pinceau vers la tablette. Et le pinceau, ainsi lancé, traça admirablement le *ten* et vint ensuite retomber dans sa main.

一勇齋
國芳画

Kōbō-Daishi peignit également la tablette de la porte appelée Kōkamon dans le palais de l'Empereur à Kyōto. Or, il y avait un homme qui vivait près de la porte et qui s'appelait Kino Monoye ; et il ridiculisa les caractères que Kōbō-Daishi avait tracés, et désignant l'un d'eux il dit :

– On dirait absolument un lutteur fanfaron !

Mais la même nuit, Monoye rêva qu'un lutteur avait bondi sur lui et lui labourait le visage de coups de poing. Et, criant de douleur sous la violence de ces coups, il s'éveilla et vit le lutteur s'élever dans l'air et, se changeant dans le caractère dont Monoye s'était moqué, regagner sa place sur la tablette au-dessus de la porte.

Et il y avait un autre calligraphe également très renommé pour son habileté, nommé Onomo Tuku, qui se moqua de certains caractères tracés par Kōbō-Daishi sur la tablette de la porte Shukaku-mon. Et en désignant le caractère *shu* il dit :

– En vérité, *shu* ressemble au caractère « riz ».

Et cette même nuit, il rêva que le caractère dont il s'était moqué se transformait en un homme qui se rua sur lui et lui martela plusieurs fois le visage de coups, de la façon dont un *kometsuki* (un nettoyeur de riz) fait fonctionner les marteaux qui broient le riz, tout en criant :

– Je suis le messager de Kōbō-Daishi.

Et à son réveil Onomo Tuku était couvert de blessures et saignait comme s'il avait été violemment malmené.

Or, très longtemps après la mort de Kōbō-Daishi, on remarqua que les noms écrits par lui sur les deux portes du Palais de l'Empereur, Bi-Fuku-Mon, la porte de la Belle Fortune, et Ko-Ka-Mon, la porte de la Grandeur Excellente, étaient à peu près effacés par le temps. Et l'Empereur ordonna à un *dainagon*[3] du nom de Yukinari de remettre ces tablettes en état. Mais Yukinari craignait d'accomplir l'ordre de l'Empereur, se souvenant des mésaventures arrivées à d'autres avant lui. Et, redoutant le courroux divin de Kōbō-Daishi, il fit des offrandes, et pria le mort de lui donner signe de permission. Et cette même nuit, Kōbō-Daishi lui apparut dans un rêve, et lui souriant doucement, il lui dit :

– Accomplissez le travail selon le désir de l'Empereur, et ne craignez rien.

Il restaura donc les tablettes dans le premier mois de la quatrième année de Kwanko, ainsi qu'il est rapporté dans le livre *Hon-Chō-Bun-Sui* !

Et toutes ces choses me furent racontées par mon ami Akira.

3. Titre d'un officier supérieur de l'ancienne cour impériale.

新形三十六怪撰
貞信公夜宮中に
怪を懼しむの図
明治二十二年四月十日印刷
仝年四月十五日出版
印刷兼発行者 佐々木豊吉

Le Mangeur de cadavres

(Jikininki)

Tandis que Muso Kokuchi, prêtre de la secte de Zen, voyageait seul à travers la province de Mino, il perdit son chemin dans une région montagneuse où il n'y avait personne pour le guider. Il erra longtemps au hasard et il commençait à désespérer de trouver un gîte pour la nuit, lorsqu'il aperçut, au sommet d'une colline qu'éclairaient les derniers rayons du soleil, un de ces petits ermitages nommés *anjitsu*, qui servent de demeures aux solitaires. Bien que l'ermitage parût en ruines, Muso s'y dirigea vivement. Il y trouva un prêtre fort âgé à qui il demanda l'hospitalité. Le vieillard la lui refusa sèchement, mais il lui indiqua un hameau voisin où il pourrait trouver à se nourrir et à se loger.

Muso parvint enfin à ce village qui consistait en une demi-douzaine de petites fermes. Il fut fort bien accueilli au logis du chef du village.

Quarante ou cinquante personnes étaient assemblées dans la chambre principale lors de l'arrivée de Muso ; mais on le conduisit dans une petite pièce où il trouva de la nourriture et un lit. Comme il était très las il se coucha de bonne heure, mais, un peu avant minuit, il fut éveillé par le son de pleurs provenant de la pièce voisine. Peu après, les écrans de séparation furent repoussés et un jeune homme, tenant à la main une lanterne, apparut. Il s'avança vers Muso et lui dit :

– Révérend seigneur, mon triste devoir est de vous annoncer que je suis maintenant le chef responsable de cette maison. Lorsque, tout à l'heure, vous êtes arrivé, vous paraissiez si fatigué que je ne voulus vous ennuyer d'aucune façon. Je ne vous ai pas appris que mon père était mort quelques instants auparavant. Les gens que vous avez entrevus sont les habitants du village qui se sont réunis afin de présenter leurs derniers respects au mort... Ils vont à présent partir et se réfugier dans le plus proche hameau qui se trouve à quelques lieues d'ici... Conformément à nos coutumes, aucun de nous ne peut demeurer la nuit dans une maison où a eu lieu un décès... Nous prions et nous faisons les offrandes habituelles. Puis nous nous éloignons en laissant le cadavre tout seul. Il se passe toujours des choses étranges dans la maison où il y a un mort. Il serait plus sage pour vous de nous accompagner. Cependant, comme vous êtes un religieux, peut-être ne redoutez-vous pas d'être laissé seul avec le corps. Dans ce cas, je vous donne volontiers l'entière jouissance de notre demeure. Mais je dois vous prévenir que personne, sauf un prêtre, n'oserait rester ici cette nuit.

Muso lui répondit :

– Je vous sais gré de votre bonne intention et de votre aimable hospitalité. Je ne comprends pas vos paroles relatives au danger de rester seul ici... Je ne crains ni démon ni fantôme. Je vous prie donc de ne pas vous inquiéter à mon sujet. Je célébrerai un service pour votre père et je resterai près du corps jusqu'au matin.

Le jeune homme parut très heureux de ces paroles et il lui exprima sa reconnaissance. Puis les autres membres de la famille et les personnes assemblées dans la salle voisine vinrent le remercier à leur tour.

Enfin le jeune maître de la maison lui dit :

– Maintenant, ô très révérend hôte, nous devons vous quitter à notre grand regret. Suivant la règle de notre village, aucun de nous ne doit se trouver ici lorsque minuit sonnera. Nous vous supplions, bon étranger, de prendre bien soin de votre honorable personne durant le temps où nous ne pourrons veiller sur vous. Et si pendant notre absence vous voyez ou entendez quoi que ce soit d'extraordinaire, instruisez-nous à notre retour.

Tous s'en allèrent.

Muso, laissé seul, se rendit dans la chambre mortuaire. Les offrandes habituelles avaient été faites et un *tomyo*, ou petite lampe bouddhiste, brûlait doucement. Le prêtre célébra le service et répéta les rites funéraires. Puis il tomba dans une profonde méditation.

Il resta ainsi pendant de longues heures silencieuses durant lesquelles aucun bruit ne vint troubler le hameau sombre et abandonné. Mais au moment où le calme de la nuit était le plus intense, Muso vit tout à coup entrer silencieusement une forme vague et énorme... Le prêtre se sentit glacer par la frayeur. Il ne put ni bouger ni crier... Le fantôme souleva le cadavre et se mit à le dévorer plus vite qu'un chat ne dévore un rat... en commençant par la tête et en mangeant tout, les cheveux, les os, même le linceul... Après avoir terminé son horrible repas, la chose monstrueuse se tourna vers les offrandes, qu'elle engloutit prestement.

Puis elle disparut aussi mystérieusement qu'elle était venue.

Lorsque les villageois revinrent à l'aurore, ils trouvèrent le prêtre qui les attendait sur le pas de la porte. Ils le saluèrent tour à tour et pénétrèrent dans la maison. En constatant la disparition du corps et des offrandes, ils ne manifestèrent nulle surprise.

Le chef dit alors au prêtre :

– Révérend seigneur, vous avez sans doute vu des choses peu agréables cette nuit. Nous étions tous, je vous l'assure, très troublés du danger que vous couriez et nous sommes heureux de vous retrouver sain et sauf. Nous serions volontiers restés avec vous, mais, comme je vous l'ai déjà dit, la loi du village nous oblige à nous éloigner et à laisser le cadavre seul. Chaque fois que cette règle a été enfreinte, de grands malheurs se sont abattus sur notre hameau. Lorsque nous nous y conformons, nous ne trouvons jamais à notre retour le corps ou les offrandes. Peut-être pourriez-vous nous expliquer pourquoi ?

Muso leur conta comment la forme vague et énorme avait pénétré dans la chambre et avait dévoré le mort et les offrandes. Personne ne sembla étonné de ses paroles et le jeune homme lui répondit :

– Ce que vous venez de nous apprendre s'accorde absolument avec ce que nous savions déjà.

– Mais est-ce que le prêtre qui habite sur la colline ne célèbre pas quelquefois les services de vos morts ? demanda Muso étonné.

– De quel prêtre parlez-vous ? lui répliqua-t-on avec surprise.

– De celui qui m'a indiqué le chemin hier soir, fit Muso. Je me suis arrêté à son ermitage, en haut de la colline voisine. Il me refusa l'hospitalité, mais me conseilla de venir ici.

國芳画

Ses auditeurs se regardèrent ahuris. Après un instant de silence, le jeune chef dit :

– Révérend seigneur, il ne se trouve nul ermitage sur la hauteur voisine et nul prêtre n'habite dans les environs, depuis voici plusieurs générations...

Muso n'insista pas, car il vit que ses hôtes le croyaient ensorcelé par quelque mauvais esprit. Il leur demanda les renseignements nécessaires pour continuer son voyage et leur dit adieu. Il résolut de retourner à l'ermitage, afin de s'assurer s'il n'avait pas été victime d'une illusion.

Il trouva l'*anjitsu* sans la moindre difficulté. Cette fois, l'ermite l'invita à entrer chez lui. Lorsqu'il fut à l'intérieur de la maisonnette, le vieillard se prosterna à ses pieds en s'écriant :

– Je suis honteux !... terriblement honteux !... J'ai honte... ah ! combien !... que vous m'ayez vu dans ma forme véritable !... C'est moi qui, hier soir, ai dévoré le cadavre devant vos yeux !... Sachez, révérend seigneur, que je suis un *jikininki*, ou mangeur de chair humaine !... Ayez pitié de moi et souffrez que je vous confesse la faute par laquelle je me trouve dans ma condition présente. Autrefois, il y a très longtemps, j'étais l'unique desservant de cette région désolée... Tous les montagnards qui mouraient étaient apportés ici, afin que je pusse célébrer le service sacré... Mais je répétais les rites sans aucune foi... Il ne s'agissait pour moi que d'une affaire... Je ne songeais qu'aux habits et à la nourriture que me rapportait ma profession... Et, à cause de mon impiété, je renaquis après ma mort sous la forme d'un *jikininki*... Je dois me nourrir exclusivement des cadavres de ceux qui meurent dans cette contrée... Je suis obligé de dévorer chaque mort comme je le fis hier… Je vous prie donc de faire célébrer un service dit *ségaki*[1] pour moi, afin que je puisse bientôt échapper à mon horrible existence !

L'ermite n'eut pas plus tôt prononcé ces mots qu'il disparut ainsi que l'ermitage.

Muso Kokushi se trouva seul, agenouillé dans l'herbe haute, devant un vieux tombeau tout recouvert de mousse et qui ressemblait au tombeau d'un prêtre[2].

1. Service bouddhiste, célébré spécialement pour les âmes supposées être entrées dans l'état d'esprits affamés.

2. Tombeau de la forme dite « go-rin-ishi », « pierre à cinq cercles », ou à « cinq zones ». Monument funéraire formé de cinq parties superposées, chacune de forme différente et représentant les cinq éléments mystiques : l'eau, l'air, l'éther, le feu et la terre.

和漢百物語
假名垣魯文記
公孫勝ハ水滸一百八個豪傑の一
人なり奇術をまなびえて出没
自在雲をよび雨をふらし水ニ
對く印を結べバ暴風逆浪共
中に竜ひるがへりて天にのぼる
やあり入雲竜とよべりし
渾名してとぞ
入雲龍公孫勝
一魁斎芳年画

Le Vampire au fond des eaux

(The Story of Chūgorō)

En des temps très anciens vivait à Yedo, dans le quartier appelé Koishikawa, un *hatamoto* du nom de Suzuki, dont le *yashiki* (palais) s'élevait sur la rive du Yedogawa non loin du pont dit Naka-no-hashi.

Dans l'entourage de Suzuki se trouvait un *ashigaru*[1] nommé Chūgorō. C'était un beau garçon très intelligent et aimable que ses camarades tenaient en grande affection.

Pendant plusieurs années, Chūgorō demeura au service de Suzuki et se conduisit de manière à ne donner lieu à aucune critique.

Un jour cependant les autres *ashigaru* de la maison découvrirent que Chūgorō avait pris l'habitude de quitter le *yashiki* toutes les nuits, en passant par le jardin, et de rester dehors jusqu'à l'approche de l'aurore. Tout d'abord ils ne firent aucune remarque à propos de cette étrange conduite ; en effet ces absences ne nuisaient en rien à la régularité de son service et l'on supposait qu'elles se rapportaient à quelque intrigue amoureuse.

Au bout d'un certain temps cependant on put voir que le jeune homme devenait de jour en jour plus pâle et défait, et ses camarades, soupçonnant une folie grave, se décidèrent à intervenir. C'est pourquoi un soir, au

1. Les *ashigaru* étaient les partisans militaires de la classe la plus modeste.

moment où il se disposait à s'échapper du palais, un homme d'armes d'un certain âge le prit à part et dit :

– Chūgorō, mon garçon, nous savons que vous sortez toutes les nuits pour ne rentrer qu'au petit jour; nous avons remarqué aussi que vous paraissez malade. Nous avons peur que vous ne fréquentiez mauvaise compagnie et ne ruiniez votre santé. Si vous ne pouvez nous expliquer votre conduite par de bonnes raisons, nous nous verrons forcés d'en référer au commandant. Dans tous les cas, comme nous sommes vos camarades et vos amis, nous croyons avoir le droit de savoir ce que vous faites de vos nuits en violation des règles de la maison.

À ces mots Chūgorō parut vivement alarmé et embarrassé. Après un moment de silence, il passa dans le jardin suivi de son compagnon; lorsqu'ils furent hors de la portée de la voix, il s'arrêta et parla ainsi :

– Je vous dirai tout; mais il faut que j'insiste pour que vous me promettiez le secret. Si vous répétez ce que je vous confie, un grand malheur peut en être la conséquence pour moi. Ce fut au début du printemps dernier que je commençai à sortir la nuit, par suite d'une aventure d'amour. Un soir, tandis que je rentrais au *yashiki* après avoir rendu visite à mes parents, je vis une femme qui se tenait au bord de la rivière non loin de l'entrée principale du palais. Elle portait le costume des dames de la haute société et je trouvai singulier qu'une personne si bien vêtue se tînt là toute seule à pareille heure. Je ne me crus pas en droit de l'interroger et j'allais passer mon chemin sans dire un mot quand elle fit un pas en avant et me saisit par la manche. Alors je vis qu'elle était jeune et très belle. «Voulez-vous m'accompagner jusqu'au pont? me dit-elle. J'ai quelque chose à vous dire.»

Sa voix était très douce et agréable ; elle souriait tout en parlant et il n'était guère possible de résister à ce sourire. Je marchai donc à ses côtés dans la direction du pont ; en route elle me dit que souvent elle m'avait vu aux abords du *yashiki*, entrant ou sortant, et qu'elle s'était prise de fantaisie pour moi.

« Je souhaite que vous deveniez mon époux, dit-elle. Si vous m'aimez, nous pourrons nous rendre mutuellement très heureux. »

Je ne savais que répondre, mais à part moi, je la trouvais extrêmement séduisante. Comme nous approchions du pont, elle me saisit de nouveau par la manche et me fit descendre la berge jusqu'au bord de la rivière.

« Venez avec moi, murmura-t-elle en m'attirant vers l'eau. Elle est profonde à cet endroit, vous le savez. »

J'eus peur tout à coup et voulus me sauver. Alors elle sourit et me retint par le poignet en disant : « Oh ! vous n'avez rien à craindre quand vous êtes avec moi ! » et, je ne sais comment, je me sentis plus faible qu'un enfant. J'étais comme ceux qui, dans un rêve, s'efforcent de courir et ne peuvent remuer les membres. Elle pénétra dans l'eau profonde en m'attirant à elle. Je ne vis, n'entendis, n'éprouvai plus rien jusqu'au moment où je me trouvai marchant à ses côtés, dans ce qui me parut être un palais immense, inondé de lumière. Je n'avais pas froid et n'étais pas mouillé ; tout ce qui m'entourait était sec, tiède, merveilleux. Je ne pouvais concevoir où j'étais ni comment je me trouvais là. La jeune femme me conduisait par la main : nous traversâmes des salles, l'une après l'autre – des salles innombrables, toutes vides, mais si belles ! – nous arrivâmes enfin dans un salon de mille nattes[2].

2. Les nattes servant de tapis au Japon sont toujours de la même

Devant une grande alcôve à l'extrémité opposée, des coussins étaient disposés comme pour une fête, mais je ne vis point d'hôtes. Elle me conduisit à la place d'honneur, près de l'alcôve, et s'assit devant moi en disant : « Voici ma maison. Ne croyez-vous pas qu'avec moi vous pouvez être heureux ici ? » Et tandis qu'elle me parlait, elle souriait encore ; je trouvai son sourire plus beau que tout ce que je connaissais au monde et du fond du cœur je lui répondis : « Oui ! »

En même temps me revenait à la mémoire l'histoire d'Urashima[3]. Je me dis qu'elle était sans doute la fille d'un dieu, mais je n'osais lui poser aucune question... Alors des servantes entrèrent, apportant du vin de riz et des plats divers qu'elles posèrent devant nous. Et la femme que j'avais devant moi me dit : « Cette nuit sera notre nuit nuptiale, car vous m'aimez, et voici notre festin de noces. » Nous nous engageâmes l'un à l'autre pour un terme de sept existences et, après le banquet, on nous conduisit à la chambre conjugale que l'on avait préparée pour nous.

Ce fut de très bonne heure qu'elle m'éveilla, me disant : « Bien-aimé, vous êtes vraiment mon époux à présent. Pour des motifs que je ne puis vous dire et au sujet desquels il ne faut point m'interroger, il est indispensable que notre mariage demeure secret. Si vous restiez ici jusqu'au jour, ce serait la mort pour tous deux. Ainsi donc, je vous en supplie, ne soyez

---

dimension et la grandeur des chambres se mesure au nombre de nattes qu'elles comprennent. – N.d.T.

3. Urashima, simple pêcheur, avait épousé la fille du roi de la mer. Il perdit son bonheur pour avoir cédé à la curiosité en ouvrant une cassette magique malgré la défense qui lui en avait été faite. Le mythe dont les équivalents occidentaux sont bien connus, est conté dans *Songe d'un jour d'été* (cf. p. 57).

point mécontent si je vous renvoie au logis de votre seigneur. Vous pouvez revenir cette nuit et toutes celles qui suivront, à l'heure de notre première rencontre. Attendez-moi toujours près du pont ; l'attente ne sera pas longue. Mais par-dessus tout n'oubliez jamais que notre mariage doit demeurer secret et que si jamais vous en parlez, ce sera sans doute la séparation éternelle. »

Je promis d'obéir en tous points, me souvenant du destin d'Urashima, et elle me reconduisit par les salles innombrables, toutes merveilleuses et vides, jusqu'à l'entrée. Là, derechef, elle me prit le poignet, tout redevint sombre et je fus inconscient jusqu'au moment où je me retrouvai seul sur la berge de la rivière près du Naka-no-hashi. Quand je rentrai dans le *yashiki*, les cloches du temple n'avaient pas encore retenti.

Le même soir je revins au pont à l'heure convenue et je la trouvai qui m'attendait. Comme la première fois elle m'entraîna sous l'eau profonde dans l'endroit merveilleux où nous avions passé notre nuit nuptiale. Et depuis, toutes les nuits, je l'ai rencontrée et je l'ai quittée de la même manière. Ce soir elle m'attendra certainement et j'aimerais mieux mourir que de tromper son attente. Ainsi donc il faut que j'aille. Je vous supplie, mon cher ami, de ne jamais répéter à âme qui vive ce que je viens de vous confier.

Cette histoire alarma le vieil *ashigaru* autant qu'elle le surprit. Il sentait bien que Chūgorō lui avait dit la vérité et cette vérité entrouvrait à ses yeux de tristes perspectives. Toute l'aventure n'était probablement qu'une illusion, une illusion provoquée par une puissance funeste pour des fins mauvaises. Cependant, même s'il était le jouet d'un sortilège, le jeune homme était plus à plaindre qu'à blâmer. Toute intervention forcée devait, selon toute apparence, le mener à mal. C'est pourquoi l'*ashigaru* répondit avec bonté :

– Je ne parlerai jamais de ce que vous m'avez confié, jamais !... du moins si votre vie et votre santé demeurent sauves. Allez donc et rejoignez cette femme. Mais, prenez garde ! Vous êtes, je le crains bien, la victime d'un esprit néfaste.

Chūgorō se contenta de sourire à cet avertissement du vieillard et se hâta de le quitter. Quelques heures plus tard, quand il rentra dans le *yashiki*, il avait l'air singulièrement abattu.

– L'avez-vous vue ? murmura son ami.

– Non ! répondit Chūgorō, elle n'était point là. Pour la première fois, elle n'était point là et je crois bien que plus jamais je ne la reverrai. J'ai mal fait de vous parler d'elle ; je fus insensé de manquer à ma promesse !...

Vainement l'autre essaya de le consoler. Chūgorō s'étendit sur le sol sans dire un mot de plus. Il tremblait des pieds à la tête, comme si le froid l'avait saisi.

Lorsque les cloches du temple annoncèrent l'aurore, Chūgorō voulut se lever, mais il retomba sans forces. Évidemment, il était malade, mortellement malade. On fit venir un médecin chinois.

– Eh mais ! s'exclama le docteur lorsqu'il l'eut examiné avec beaucoup de soin, cet homme n'a plus de sang ! C'est de l'eau que charrient ses veines. Il sera bien difficile de le sauver. Quel maléfice est ceci ?...

On fit tout ce qu'il était possible de faire pour ramener Chūgorō à la vie, mais en vain ! Il mourut au coucher du soleil. Alors son camarade raconta toute l'histoire.

– Ah ! s'écria le docteur, j'aurais dû m'en douter... Nulle puissance ne pouvait lui rendre la vie. Il n'est pas sa première victime !

– Mais qui est-elle, ou enfin, qu'est-elle ? demanda l'*ashigaru*. Une femme-renard[4] ?

– Nullement ; elle hante la rivière depuis les temps anciens. Elle aime le sang des jeunes...

– Une femme-serpent ? Une femme-dragon ?

– Non, non ! Si vous pouviez la voir sous ce pont, à la lumière du jour, elle vous paraîtrait bien répugnante.

– Mais enfin quelle sorte de créature est-ce donc ?

– Tout simplement une grenouille, une grosse vilaine grenouille.

4. Au Japon, la superstition populaire prête aux renards comme aux blaireaux, toutes sortes de maléfices. – N.d.T.

一勇齋

月百姿

Celui qui épousa deux fois la même femme

(The Sympathy of Benten)

Il y a dans la ville de Kyōto le célèbre temple des Femmes, appelé Amadera. Sadazumi Shinnō, le cinquième fils de l'empereur Siwa, y passa la plus grande partie de sa vie comme prêtre, et les tombes de beaucoup de personnes célèbres se dressent dans le parc qui entoure le temple. Mais la construction actuelle n'est pas celle de l'ancien Amadera. Le temple primitif tomba dans un tel état de ruine mille années après sa fondation, qu'on dut le rebâtir entièrement; et cela se passait la quatorzième année de l'ère de Genroko (1701).

Un grand festival célébra la restauration du temple des Femmes et, parmi les milliers de personnes présentes à cette fête, il y avait un jeune poète, un étudiant appelé Hanagaki Baishu. Il se promena dans les jardins nouvellement dessinés, enchanté par tout ce qu'il voyait. Or, il parvint ainsi à une source où naguère il avait eu l'habitude de venir se désaltérer. Il fut surpris de voir que, tout autour de la source, la terre avait été creusée de façon à former un étang carré. À l'un des coins de cet étang on avait planté un écriteau de bois portant cette inscription : « *Tanjō-sui* » (« eau de naissance ou de réincarnation »). Et il vit aussi qu'on avait érigé près de l'étang un temple, tout petit mais très beau, consacré à Benten, déesse de la Beauté. Tandis qu'il considérait ce temple, une soudaine bouffée de vent fit voler à ses pieds un *tansaku*, un de ces longs rubans de papier de couleur sur lesquels sont inscrits en sens vertical des poèmes. Et sur ce *tansaku* étaient tracés des vers d'amour d'un poème bien connu, que le jeune homme savait même par cœur. L'étudiant remarqua tout de suite que le poème avait été écrit sur le *tansaku* par une main de femme, et en caractères si fins que ses yeux en étaient tout émerveillés. Quelque chose dans la forme de ces caractères – une grâce indéfinie – laissait deviner que celle qui les avait tracés devait être à cette période de la jeunesse où sous l'enfant perce déjà la femme. Et la couleur riche et pure de l'encre choisie témoignait d'un cœur également pur et bon.

Hanagaki Baishu plia avec soin le *tansaku* et l'emporta chez lui. Là il l'examina à nouveau ; l'écriture lui en parut encore plus belle. Sa science de la calligraphie lui révéla que le poème avait sans doute été écrit par une toute jeune fille, mais très intelligente et probablement très douce. Cette assurance suffit pour évoquer en son esprit l'image d'une fort charmante personne. Et il fut bientôt éperdument amoureux de cette inconnue. Sa première résolution fut donc de rechercher celle qui avait écrit ces vers, et d'en faire sa femme. Mais comment la trouver ? Où était-elle ? Où vivait-elle ? Certes, il ne pouvait espérer la rencontrer que grâce à la faveur des dieux.

Mais il se dit que les dieux seraient peut-être très heureux de lui venir en aide. Le vent avait porté ce *tansaku* jusqu'à lui alors qu'il se tenait près du temple de Benten-Sama ; or, c'est précisément à cette divinité que les amoureux adressent leurs prières d'heureuse union. Il se rendit donc au temple de Benten de l'Eau de la naissance, sur les terres de l'Amadera, où il formula sa requête avec toute l'ardeur de son amour.

– Ô Déesse ! aie pitié de moi ! Aide-moi à trouver où habite la jeune fille qui a écrit le *tansaku*. Accorde-moi une seule occasion de la rencontrer, ne fût-ce que pour un moment.

Ayant récité cette prière, il se mit en devoir d'accomplir un service religieux qui devait durer sept jours (*nanuka-mairi*), en l'honneur de la Déesse. Il pria dans un certain temple tous les jours pendant sept jours de suite, et forma le vœu de passer la septième nuit entière en adoration devant le petit autel de l'étang sacré.

Or, la septième nuit, la nuit de vigile, à l'heure où le silence était le plus profond, il entendit une voix qui appelait à l'entrée principale du parc du temple : quelqu'un demandait la permission d'entrer. Une autre voix répondit à l'intérieur du temple ; la grille s'ouvrit et Baishu aperçut un vieillard majestueux qui s'approchait lentement. Il était vêtu de ses robes de cérémonie et, sur ses cheveux blancs, portait un bonnet noir dont la forme indiquait qu'il appartenait à un très haut rang. Lorsqu'il parvint au petit temple de Benten, il s'agenouilla comme s'il attendait un ordre divin. Alors la porte extérieure du temple s'ouvrit ; le rideau de bambou qui dissimulait le sanctuaire secret fut à demi relevé par une main invisible, et un *chigo*, ou petit page d'une noble maison, apparut. Il était très beau et ses longs cheveux étaient noués en arrière selon la coutume ancienne. Il s'arrêta sur le seuil du temple et dit au vieillard d'une voix claire et forte :

– Il y a ici quelqu'un qui nous a supplié d'intervenir en faveur d'une union d'amour qui ne convient guère à sa condition actuelle, et qui est par conséquent assez difficile à susciter. Mais comme ce jeune homme est digne de notre pitié, nous vous avons appelé pour examiner si nous ne pourrions rien faire pour lui. S'il est possible de prouver qu'il y eut une relation quelconque entre lui et celle qu'il aime, dans une naissance antérieure, vous les présenterez l'un à l'autre.

Le vieillard s'inclina respectueusement devant le page. Puis, se levant, il tira de la poche de sa longue manche gauche une corde cramoisie. Il passa un bout de cette corde autour des épaules de Baishu, comme s'il voulait le ligoter. Il jeta l'autre extrémité dans la flamme d'une des lampes qui éclairaient le temple et, tandis que la corde brûlait, il agita trois fois sa main comme s'il appelait quelqu'un hors des ténèbres.

Immédiatement, dans la direction de l'Amadera, on entendit un bruit de pas légers ; un moment plus tard, une jeune fille apparut, une jeune fille charmante âgée de quinze ou seize ans. Elle s'approcha avec grâce, mais très timidement tout en cachant le bas de son visage derrière son éventail... Puis elle s'agenouilla auprès de Baishu. Alors le page dit à l'étudiant :

– Depuis quelque temps, vous avez souffert de cruelles peines de cœur. Votre amour insensé a même altéré votre santé. Nous n'avons pas voulu que cet état malheureux se prolongeât davantage. Voilà pourquoi nous avons appelé le Vieil-Homme-sous-la-Lune, le dieu du Mariage, afin de vous présenter à celle qui a écrit le *tansaku*. Elle est à vos côtés.

En prononçant ces paroles, le page se retira derrière le rideau de bambou ; le vieillard s'en fut comme il était venu. La jeune fille le suivit. Et presque aussitôt l'étudiant entendit la grande cloche du temple des Femmes qui sonnait l'heure de l'aube. Il se prosterna en rendant grâces devant l'autel de Benten et reprit

七福神の内
福禄寿
一勇斎
丸甚
彫工安

le chemin de sa demeure, ayant l'impression qu'il se réveillait d'un rêve délicieux. Il était infiniment heureux d'avoir vu la charmante personne qu'il avait si ardemment désiré connaître, et pourtant très malheureux dans la crainte de ne la plus jamais revoir. Mais à peine venait-il de franchir la grille du temple et de s'engager dans la rue, qu'il vit une jeune fille qui s'en allait seule dans la même direction que lui. Et il la reconnut : c'était celle à qui il venait d'être présenté devant le temple de Benten. Il pressa le pas pour la rejoindre : elle se retourna et le salua gracieusement. Alors, pour la première fois, il osa lui parler, et elle lui répondit d'une voix dont la douceur le remplit de joie. Ils marchèrent côte à côte en bavardant gaiement à travers les rues encore silencieuses. Ils arrivèrent ainsi devant la maison où vivait l'étudiant. Là il s'arrêta et confia à la jeune fille ses espérances et ses craintes. Mais, souriante, elle lui demanda :

– Ne savez-vous pas que j'ai été envoyée ici afin de devenir votre femme ?

Et elle entra dans sa demeure à ses côtés.

Lorsqu'elle fut sa femme, elle l'enchanta au-dessus de toutes ses espérances par tout le charme de son cœur et de son esprit. Il trouva aussi en elle une femme beaucoup plus accomplie qu'il ne la croyait. Non seulement elle savait écrire merveilleusement, mais elle savait peindre de très beaux tableaux. Elle connaissait l'art d'arranger les fleurs, l'art de la broderie, l'art de la musique. Elle savait tisser et coudre, et elle n'ignorait rien de l'art de tenir une maison.

Les jeunes gens s'étaient rencontrés au début de l'automne. Ils vécurent ensemble jusqu'au commencement de la saison d'hiver. Rien, pendant tout ce temps, ne vint troubler la paix de leur bonheur. L'amour de Baishu pour sa douce petite épouse ne faisait que croître à mesure que passait le temps. Pourtant il demeurait étrangement ignorant de son histoire et ne savait rien de sa famille. Elle ne lui en avait jamais parlé, et il se disait que, puisque c'étaient les dieux qui la lui avaient donnée, il ne serait pas très courtois de l'interroger. Mais ni le dieu du Mariage, ni qui que ce soit ne vint la réclamer comme il le craignait. Personne ne lui posa jamais de questions au sujet de sa femme, et les voisins, pour quelque raison inexplicable, agissaient comme s'ils ne soupçonnaient même pas sa présence.

Baishu s'étonnait de tout cela. Mais d'autres surprises encore plus étranges l'attendaient.

Un matin d'hiver, il passait dans un quartier de la ville un peu éloigné, lorsqu'il entendit quelqu'un l'appeler très haut par son nom. Il se retourna et il vit un domestique qui lui faisait des signes du seuil d'une maison. Comme il ne reconnaissait pas ce serviteur, et qu'il n'avait aucun ami dans ce quartier de Kyōto, il fut un peu surpris d'être hélé de cette sorte. Mais le domestique vint à lui et, le saluant avec la plus grande déférence, il lui dit :

– Mon maître désire vivement avoir l'honneur de s'entretenir quelques instants avec vous. Daignez entrer.

Après une courte hésitation, Baishu se laissa conduire jusqu'à la maison. Là, un homme fort digne et richement vêtu, qui paraissait être le maître du logis, vint au-devant de lui et l'emmena cérémonieusement dans la salle de réception. Lorsqu'ils eurent échangé les politesses d'usage lors d'une première rencontre, l'inconnu s'excusa envers l'étudiant de tout le sans-gêne de l'invitation qu'il lui avait adressée par son domestique.

– Vous avez sans doute trouvé très impertinent de notre part de vous appeler ainsi, dit-il. Mais vous nous pardonnerez peut-être notre impolitesse, si je vous dis que j'ai agi ainsi sur une inspiration que je crois m'avoir été suggérée par la déesse Benten. Permettez-moi de vous expliquer ce dont il s'agit.

J'ai une fille qui a environ seize ans. Elle écrit passablement bien et elle possède d'autres qualités comme toutes les jeunes filles. Sa nature est celle de toutes les femmes. Nous désirons la rendre heureuse en lui trouvant un bon mari, et nous avons supplié la déesse Benten de nous aider en cela. Puis nous avons envoyé à chacun des temples de la ville un *tansaku* écrit par ma fille. Quelques nuits plus tard, la Déesse m'apparut dans un rêve et elle me dit :

« Nous avons entendu ta prière et avons déjà présenté ta fille à celui qui deviendra son époux. Il vous rendra visite dans le courant de l'hiver qui vient. »

Je ne comprenais pas, d'après ses paroles, comment une présentation avait pu avoir lieu et j'éprouvais quelque doute. Je pensais que ce rêve n'était peut-être qu'un rêve ordinaire sans grande signification. Mais, hier soir encore, j'ai vu Benten-Sama en songe et elle me dit :

« Demain, le jeune homme dont je vous ai parlé passera dans cette rue. Invitez-le à entrer dans votre maison et demandez-lui de devenir l'époux de votre fille. C'est un jeune homme excellent, et plus tard il parviendra à un rang beaucoup plus élevé que celui qu'il occupe actuellement. »

Puis elle me dit votre nom, votre âge, votre lieu de naissance. Et elle me fit en outre une description si exacte de vos traits et de vos habits, que mon domestique n'a eu aucun mal à vous reconnaître d'après les indications que j'ai pu lui donner.

美立七曜星
魁 木
典侍従四位 萬里小路幸子
權掌侍正六位 唐橋貞子
画工 月岡米次郎

Cette explication, au lieu de rassurer Baishu, le surprit encore davantage. Il répondit seulement par des remerciements polis pour l'honneur dont son hôte venait de l'entretenir. Mais lorsque celui-ci lui demanda de le suivre dans un autre appartement afin de le présenter à sa fille, son embarras fut extrême. Pourtant il ne pouvait raisonnablement se refuser à cette présentation. Il ne lui était guère possible, étant données ces circonstances extraordinaires, d'avouer qu'il avait déjà une femme – une femme qui lui avait été donnée précisément par la déesse Benten elle-même, une femme dont il ne songeait nullement à se séparer. Ce fut donc en grand silence et tout tremblant qu'il suivit son hôte jusqu'à l'appartement indiqué. Et lorsqu'on lui présenta la fille de son hôte, quelle ne fut pas sa surprise de découvrir qu'elle était bien la même personne que celle qu'il avait déjà épousée !

La même et pourtant pas la même ! Celle qui lui avait été présentée par le dieu du Mariage n'était que l'âme de sa bien-aimée !

Mais celle dont il allait maintenant devenir l'époux dans la maison de son père représentait le corps réel de la même jeune fille.

Et la déesse Benten avait accompli ce miracle par amitié pour ses fidèles.

Ici, l'histoire originale s'interrompt tout à coup, en omettant d'expliquer plusieurs détails importants. La fin est quelque peu décevante. On aimerait connaître les expériences mentales de la jeune fille pendant la vie mariée de son fantôme. On aimerait aussi savoir ce qu'il advint du fantôme, s'il continua à mener une vie indépendante, s'il attendit patiemment le retour de l'étudiant, ou s'il se confondit avec la vraie mariée. Mais le livre ne nous dit rien de tout cela. Pourtant un ami japonais m'expliqua ainsi le miracle :

– La mariée fantôme n'était formée, en vérité, que du *tansaku*. Il est donc très possible que la vraie jeune fille ignorait la rencontre au temple de Benten. Lorsqu'elle traça les beaux caractères sur le *tansaku*, quelque chose de son âme passa dans les lettres qu'elle écrivit. Donc il fut possible d'évoquer son double hors de son écriture.

小町櫻の精

La Morte aux mains vivantes

(Ingwa Banashi)[1]

La femme du *daimyō* se mourait ; et elle le savait. Elle n'avait pas pu quitter sa couche depuis le commencement de l'automne du dixième Bunsei (1827). On était maintenant dans le quatrième mois du douzième Bunsei, en l'année 1829 suivant le calendrier occidental. Et les cerisiers étaient en fleurs. Elle songeait aux cerisiers de son jardin et à la joie du printemps. Elle pensait à ses enfants. Et elle pensait surtout aux différentes concubines de son mari – et en particulier à la demoiselle Yukiko[2], âgée de dix-neuf ans !

– Ma chère femme, lui dit le *daimyō*, vous avez beaucoup souffert depuis trois longues années. Nous avons fait tout en notre pouvoir pour vous guérir ; nous vous avons veillée nuit et jour, et nous avons prié pour vous, nous avons même jeûné à votre intention. Pourtant, malgré tous nos soins affectueux, et malgré la science de nos meilleurs médecins, il semble que le terme de

1. Littéralement une « histoire de ingwa ». *Ingwa* est un terme bouddhique japonais pour « mauvais karma », ou la conséquence désastreuse d'actions commises dans une existence antérieure. Peut-être comprendra-t-on mieux le titre curieux de ce récit, si l'on connaît l'enseignement bouddhique japonais, qui déclare que les morts n'ont le pouvoir de nuire aux vivants qu'en conséquence des mauvaises actions commises par leurs victimes dans des existences précédentes. Le titre et le récit se trouvent tous deux dans la collection d'histoires étranges appelée *Hyaku Monogatari*.

2. Neige.

votre vie ne soit plus très éloigné. Nous aurons sans doute plus de chagrin que vous lorsque vous serez obligée de quitter ce que le Bouddha a si justement appelé «la maison brûlante de la vie». Je donnerai des ordres afin que soient célébrés, quel qu'en soit le coût, tous les rites religieux qui pourront vous servir pour votre réincarnation. Nous prierons tous incessamment pour vous, afin que vous n'erriez point dans l'espace noir, mais au contraire que vous parveniez vite au paradis et atteigniez ainsi au rang de bouddha.

Il lui parlait avec la plus grande tendresse, tout en la caressant. Alors, les yeux fermés, elle lui répondit d'une voix flûtée comme celle d'un insecte :

– Je suis reconnaissante, très reconnaissante de vos affectueuses paroles... Oui, il est vrai, comme vous dites, que j'ai été malade depuis trois longues années, et que j'ai été traitée avec tout le soin et toute l'affection possible... Pourquoi, en vérité, me détournerais-je du seul chemin véritable au moment de ma mort ?... Peut-être n'est-il guère convenable de songer à des questions mondaines à un pareil moment. Mais je n'ai plus qu'une seule requête à vous faire – plus qu'une seule ! Appelez-moi la demoiselle Yukiko. Vous savez que je l'aime comme une sœur. Je désire lui parler des affaires du ménage.

La demoiselle Yukiko obéit à l'appel de son seigneur et, sur un signe de lui, elle s'agenouilla auprès de la couche de la mourante. La femme du *daimyō* ouvrit les yeux ; elle regarda Yukiko et dit :

– Ah ! voici Yukiko ! Je suis si contente de vous voir ! Approchez un peu, afin de bien m'entendre, je ne puis parler très haut... Yukiko, je vais mourir. J'espère que vous serez, en toutes choses, fidèle à notre seigneur ; je veux que vous preniez ma place après ma mort.

J'espère qu'il vous aimera toujours, et cent fois plus qu'il ne m'a jamais aimée, et que vous serez bientôt promue à un rang plus élevé, et que vous deviendrez son épouse honorée... Et je vous supplie de toujours chérir notre cher seigneur ; ne permettez jamais à une autre femme de vous dérober son affection. Voilà tout ce que je voulais vous dire, chère Yukiko. J'espère que vous m'avez bien comprise ?

– Oh ! ma chère dame, protesta Yukiko, ne me tenez pas, je vous en prie, d'aussi étranges propos. Vous savez très bien que je suis pauvre, et d'humble condition. Comment oserais-je jamais aspirer à devenir la femme de notre seigneur ?

– Si ! si ! répéta l'épouse du *daimyō* d'une voix rauque. Mais ce n'est pas le moment pour des paroles de cérémonie. Ne nous disons que la vérité. Après ma mort, vous serez certainement promue à une place élevée, et je vous assure, une fois encore, que je désire que vous deveniez la femme de notre seigneur. Oui, Yukiko, je désire cela plus encore que je ne désire devenir un bouddha... Ah ! J'avais presque oublié. Vous allez faire quelque chose pour moi, Yukiko. Vous savez qu'il y a, dans le jardin, un cerisier à fleurs doubles – un *yaï-zakura*. On l'a rapporté, il y a deux ans, du mont Yoshino. Il paraît qu'il est tout en fleurs – et je désirais tant le voir fleurir ! Dans très peu de temps, je serai morte, mais avant de mourir, il faut absolument que je voie cet arbre. Portez-moi jusqu'au jardin, Yukiko, afin que je le voie immédiatement ! Oui, portez-moi sur votre dos, Yukiko – portez-moi sur votre dos.

Tout en faisant cette demande, sa voix était devenue claire et forte, comme si l'intensité de son désir lui eût donné une vigueur nouvelle. Puis tout à coup elle éclata en larmes. Yukiko demeurait à genoux, immobile, ne sachant que faire. Mais le seigneur fit un geste d'assentiment.

– C'est son dernier désir en ce monde, dit-il. Elle a toujours aimé les fleurs de cerisier, et je sais qu'elle souhaitait vivement voir fleurir le cerisier de Yoshino. Allons, ma chère Yukiko, accordez-lui ce qu'elle veut.

Alors la jeune fille offrit ses épaules à la femme du *daimyō*, ainsi qu'une nourrice tourne le dos à son nourrisson pour qu'il s'y cramponne. Et elle lui dit :

– Madame, je suis prête. Dites-moi de quelle façon je puis le mieux vous aider.

– Mais comme ceci, répondit la mourante, en se soulevant par un effort presque surhumain, et en s'agrippant aux épaules de Yukiko. Mais au moment où elle se trouva debout, elle glissa vivement ses mains maigres par-dessus les épaules, sous la robe de la jeune fille, et lui saisissant les seins, elle éclata d'un rire méchant.

– J'ai ce que je voulais, s'écria-t-elle. Mon désir pour les cerisiers en fleurs... est exaucé ! Mais il ne s'agissait pas du cerisier du jardin ! Ah ! j'ai ce que je voulais – quelle joie !

Et en prononçant ces paroles, elle retomba sur la jeune fille agenouillée, et mourut.

*

Les serviteurs essayèrent immédiatement de soulever le corps des épaules de Yukiko et de l'étendre sur le lit. Mais, et cela est étrange à dire, ils ne purent accomplir cette tâche, qui pourtant paraissait si aisée. Les mains froides de la morte s'étaient attachées, mystérieusement, aux seins de la jeune fille et semblaient même s'être incrustées dans la chair vive. Yukiko perdit connaissance de peur et de douleur.

持去る圖
芳年

On appela des médecins. Ils ne comprirent pas ce qui s'était passé. Il fut impossible de détacher les mains de la morte des seins de sa victime par aucun moyen ordinaire ; elles s'agrippaient si fort que le moindre effort pour les enlever faisait couler le sang. Non pas que les doigts tinssent les seins, mais la chair de la paume des mains s'était unie inexplicablement à la chair des seins.

Dans ce temps-là, le chirurgien le plus habile de Yedo était un étranger – un Hollandais. On décida d'avoir recours à lui. Après un examen minutieux, il déclara ne rien comprendre à ce cas ; mais le seul moyen de procurer un soulagement immédiat à Yukiko était de trancher les mains du cadavre car il serait fort dangereux d'essayer de les détacher des seins. On suivit son avis, et on amputa les mains à la hauteur des poignets. Mais elles restèrent accrochées aux seins ; et là, elles se noircirent et se desséchèrent, comme les mains d'une personne morte depuis longtemps.

Et cependant ce n'était là que le commencement de l'horreur.

Toutes desséchées et exsangues qu'elles paraissaient, ces mains n'étaient pas mortes. Elles remuaient parfois, furtivement, comme de grandes araignées grises. Et désormais, chaque nuit, commençant toujours à l'heure du Bœuf, elles tiraient et pinçaient et torturaient les seins de Yukiko... Et la douleur ne cessait qu'avec l'heure du Tigre.

*

Yukiko coupa ses cheveux et se fit religieuse mendiante. Elle fit faire un *ihai,* une tablette mortuaire, sur lequel elle fit inscrire le nom posthume de sa maîtresse morte – Myō-Kō-In-Den Chizan Ryō-Fu Daishi. Elle emporta cette tablette dans toutes ses pérégrinations. Et, s'agenouillant tous les jours devant l'*ihai*, elle implorait humblement le pardon de la morte et elle célébrait un rite bouddhique afin que l'esprit jaloux pût trouver du repos. Mais le mauvais karma qui avait permis à un pareil malheur de s'abattre sur elle ne pouvait se dissiper rapidement. Chaque nuit, à l'heure du Bœuf, les mains ne cessaient de la tourmenter. Et cela continua ainsi pendant dix-sept ans, selon le témoignage de certaines personnes auxquelles Yukiko raconta son histoire, alors qu'elle s'arrêta pour passer la nuit chez Noguechi Dengozayemon, dans le village de Tanaka, province de Shimotsuké. Et ceci eut lieu dans la troisième année de Kōkwa (1846). Et depuis ce temps on n'entendit plus jamais parler d'elle.

新形三十六怪撰

Histoire des fantômes dans le roman de *La Lanterne pivoine*

(A Passional Karma)

I

Il y avait une fois à Yédo, dans le quartier de Ushigomé, un *hatamoto*[1] appelé Iijima Heizayemon, dont la fille unique était aussi jolie que son nom, Tsuyu, qui signifie «rosée du matin». Or, vers le moment où cette fille atteignit sa seizième année, Iijima, qui était veuf, se remaria. Mais bientôt il s'aperçut que O-Tsuyu n'était pas heureuse auprès de sa belle-mère. Alors il lui fit construire à Yanagijima, l'Île des saules pleureurs, une maison pour elle seule, et il lui donna une servante habile nommée O-Yoné[2]. Et O-Tsuyu vécut longtemps heureuse dans sa nouvelle demeure.

Mais un jour, le médecin de la famille, Yamamoto Shijō, vint lui rendre visite. Et il était accompagné d'un jeune samouraï, Hagiwara Shinzaburō, qui était remarquablement beau et très doux. Les deux jeunes gens tombèrent amoureux l'un de l'autre dès le premier

1. Les *hatamotos* étaient des samouraïs formant la suite immédiate du shogun. Le nom signifie littéralement «porte-étendards». Ils formaient la classe de samouraïs la plus élevée, non seulement comme vassaux immédiats du shogun, mais comme aristocratie militaire.

2. Grain de riz.

regard ; avant que la courte visite ne fut terminée, ils avaient réussi à se promettre l'un à l'autre pour la vie, sans avoir même éveillé l'attention du vieux médecin. Et lorsqu'ils se séparèrent, O-Tsuyu murmura au jeune homme ces paroles :

– Si vous ne revenez pas me voir, je mourrai certainement. Ne l'oubliez pas.

Shinzaburō n'oublia jamais ces paroles. Il désirait ardemment revoir O-Tsuyu. Mais l'étiquette ne lui permettait pas de revenir seul rendre visite à la jeune fille. II avait obtenu du médecin la promesse que celui-ci le ramènerait à la villa, et il attendait avec impatience que cette occasion se présentât. Malheureusement, le vieillard ne tint pas sa parole. Il avait deviné le soudain amour de O-Tsuyu et il craignait que le père de la jeune fille ne le rendît responsable de tout. Iijima Heizayemon avait la fâcheuse réputation d'un homme qui n'hésitait pas à trancher la tête de ceux qui lui déplaisaient, et plus Shijō réfléchissait aux conséquences possibles de la visite de Shinzaburō à la villa de Iijima, plus il avait peur. Il s'abstint donc prudemment de revoir son jeune ami.

Les mois passèrent. O-Tsuyu, qui ne pouvait se figurer les véritables motifs de l'abandon de Shinzaburo, crut que celui-ci dédaignait son amour. Alors elle se consuma de chagrin et mourut. Et peu de temps après, O-Yoné, sa fidèle servante, mourut à son tour de la douleur que lui causait la perte de sa jeune maîtresse. Et elles furent toutes deux enterrées côte à côte dans le cimetière du temple Shin-Banzui-In, près duquel se tiennent chaque année les célèbres floralies de chrysanthèmes.

II

Shinzaburō ignorait tout ce qui s'était passé. Mais sa déception et son inquiétude le firent tomber gravement malade. Il se remettait lentement, mais il était encore très faible lorsqu'un jour il reçut la visite imprévue de Shijō. Le vieillard donna plusieurs excuses plausibles de son apparente négligence. Et Shinzaburō lui dit :

– J'ai été malade depuis le commencement du printemps, et même maintenant je ne puis rien avaler. C'était bien peu aimable à vous de ne jamais venir me voir. Il me semblait que nous devions aller ensemble faire une autre visite chez la Demoiselle Iijima. Je désirais lui offrir un petit cadeau pour la remercier de son aimable accueil. Mais, bien entendu, je ne pouvais y aller seul.

Alors d'une voix grave le vieux médecin lui répondit :

– J'ai la douleur de vous apprendre que cette jeune fille est morte.

– Morte ! s'écria Shinzaburō en pâlissant. Vous dites qu'elle est morte ?

Le médecin demeura silencieux un instant comme s'il se recueillait. Puis il dit du ton léger et vif d'un homme qui est bien résolu à ne pas prendre l'affaire au sérieux :

– J'ai eu un très grand tort de vous présenter à elle, car il paraît qu'elle est tout de suite tombée amoureuse de vous. Je crains que vous n'ayez dit quelque chose pour encourager son amour, lorsque je vous ai laissés seuls dans la petite chambre du fond. En tout cas, j'ai vite deviné le sentiment que vous lui inspiriez ; j'en ai même été fort inquiet, car je craignais que le père ne l'apprît et qu'il ne me rendît responsable de tout. Alors, pour vous parler en toute franchise, j'ai décidé qu'il valait mieux ne plus vous voir. Et je me suis volontairement tenu à l'écart pendant tout ce temps. Mais, il y a quelques jours de cela, alors que je visitais Iijima, j'appris à ma grande surprise qu'il avait perdu sa fille, et que O-Yoné, sa servante, était morte à son tour. Alors je me souvins de tout ce qui s'était passé, et je compris que la jeune personne avait dû mourir d'amour pour vous.

Puis le vieux médecin se mit à rire et ajouta :

– Ah, vous êtes un fameux coquin ! Mais oui, c'est un grave péché d'être si beau que toutes les filles meurent d'amour pour vous [3].

Puis il reprit très sérieusement :

– Enfin, il faut laisser les morts se soucier des morts. À quoi bon parler davantage de tout cela ? Vous ne pouvez plus rien pour elle, sinon réciter le Salut aux Âmes [4], le *Nembutsu.*

Et le vieil homme s'en fut lentement, afin de n'avoir plus à parler du pénible événement dont il se sentait involontairement responsable.

III

Shinzaburō demeura longtemps étourdi de douleur. Mais dès qu'il se fut suffisamment ressaisi pour penser clairement, il inscrivit le nom de la jeune fille sur une tablette mortuaire qu'il plaça sur l'autel bouddhiste de sa maison. Et puis il disposa devant la tablette des offrandes et il récita des prières. Chaque jour, il présentait des offrandes et répétait le Salut aux Âmes.

3. Cette conversation semblera peut-être étrange au lecteur occidental ; elle est pourtant absolument exacte. Toute la scène est typiquement japonaise.

4. L'invocation *Namu Amida Butsu* – « Salut au Bouddha Amitābha ! » – que l'on répète en guise de prières pour le repos des morts.

名所江戸百景
真乳山山谷堀夜景
廣重画

Et le souvenir de O-Tsuyu n'abandonnait jamais sa pensée.

Rien ne vint troubler la monotonie de sa solitude jusqu'à l'époque du Bon – le grand Festival des Morts – qui commence le troisième jour du septième mois. Alors il décora sa maison et prépara tout pour la fête ; il suspendit au-dehors des lanternes qui servent à guider les esprits lorsque ceux-ci reviennent rendre visite aux vivants, et sur le *shōryōdana* ou planche des âmes, il prépara des mets destinés aux fantômes. Et le premier soir du Bon, après le coucher du soleil, il alluma une petite lampe devant la tablette de O-Tsuyu, et il alluma aussi les lanternes.

Il faisait une nuit très chaude, très claire, avec une grande lune, et il n'y avait pas de vent. Shinzaburō sortit sur la véranda afin d'y trouver un peu de fraîcheur. Vêtu seulement d'une légère robe d'été, il demeura assis à songer et à regretter le passé ; parfois il tirait quelques bouffées de fumée pour chasser les moustiques. Tout était tranquille ; il habitait un quartier fort calme, où les passants étaient rares. Il n'entendait que le doux murmure pressé d'une source proche et le crissement des insectes nocturnes.

Puis, tout à coup, le silence fut rompu par le bruit des patins [5] d'une femme qui s'approchait de la maison, *kara-kon, kara-kon !* Le bruit se rapprocha encore davantage, toujours plus vite, et il résonna enfin derrière la haie qui clôturait le jardin. Curieux, Shinzaburō se dressa sur la pointe de pieds, afin de voir qui passait de l'autre côté de la haie à une heure aussi tardive. Et il

5. *Geta* ou *komageta*. La geta est un patin de bois dont il y a plusieurs formes ; certaines sont assez élégantes. La *komageta* ou «geta de poney» est ainsi appelée à cause de l'écho sonore, pareil à celui d'un sabot de cheval qu'elle produit en frappant un sol dur.

vit deux femmes. L'une, qui portait une belle lanterne[6] décorée de fleurs de pivoines, semblait une servante ; l'autre était une mince jeune fille d'environ dix-sept ans, vêtue d'une simple robe à longues manches toute brodée de fleurs et de feuillages d'automne. Presque au même instant, elles se tournèrent toutes deux vers Shinzaburō qui, à sa profonde surprise, reconnut O-Tsuyu et sa servante O-Yoné.

Alors, très troublées, elles s'arrêtèrent, et O-Yoné s'écria :

– Oh ! comme c'est étrange ! C'est Hagiwara Sama !

Au même moment, Shinzaburō lui répondit :

– O-Yoné ! Est-ce bien vous ? Je me souviens de vous très bien.

– Seigneur Shinzaburō ! répéta la servante du ton de la plus parfaite stupéfaction. Je n'aurais pas cru que ce fût possible ! On nous avait dit que vous étiez mort !

– Voilà qui est extraordinaire ! s'écria-t-il. Mais à moi aussi on m'a dit que vous étiez mortes toutes les deux !

– Quel horrible mensonge ! répliqua O-Yoné. Pourquoi répéter des paroles qui portent malheur ? Qui vous a dit cela ?

– Veuillez me faire la grâce d'entrer un instant, répondit Shinzaburō. Nous pourrons causer plus tranquillement. La grille du jardin est ouverte.

Alors elles entrèrent et ils échangèrent les salutations d'usage. Puis quand Shinzaburō les eut bien installées, il dit :

6. On ne fabrique plus le genre de lanterne auquel il est fait allusion ici ; elle était totalement différente de la lanterne ordinaire, décorée de l'emblème de son possesseur. Mais elle ressemblait un peu à certaines formes de lanternes qui sont encore fabriquées pour la Fête des Morts et qui sont appelées *bondoro*. Les fleurs qui la décoraient n'étaient pas peintes ; c'étaient des fleurs artificielles en crêpe de soie attachées au haut de la lanterne.

– J'espère que vous excuserez mon manque de courtoisie. Si je ne suis pas allé vous voir depuis si longtemps, c'est que Shijō, le médecin, m'a appris votre mort il y a environ un mois.

– Comment ! c'est lui qui vous l'a dit ? s'écria O-Yoné. Quelle méchanceté de sa part, d'avoir osé vous dire une chose pareille ! C'est lui également qui nous a assuré que vous n'étiez plus parmi les vivants. Je crois qu'il voulait vous tromper, ce qui n'est guère difficile, car vous êtes très confiant. Peut-être ma maîtresse a-t-elle laissé deviner l'amitié qu'elle a pour vous par quelques mots qui ont trouvé leur chemin jusqu'aux oreilles de son père. En ce cas, O-Kuni, sa nouvelle épouse, a peut-être conçu le projet de vous faire annoncer notre mort par le médecin afin de provoquer une séparation. Quoi qu'il en soit, lorsque ma maîtresse apprit votre mort, elle voulut se couper immédiatement les cheveux et se faire nonne. Pourtant j'ai réussi à l'en dissuader, et j'ai enfin pu la convaincre de ne se faire nonne que dans son cœur. Plus tard, son père voulut la forcer à épouser un autre jeune homme, et elle refusa. Alors, il y eut beaucoup d'ennuis, causés surtout par O-Kuni. Enfin nous avons quitté la ville et nous nous sommes retirées à Yanaka-no-Sasaki. Là nous arrivons tout juste à vivre en faisant un peu de travail privé... Ma maîtresse a répété constamment pour vous le Salut aux Âmes. Aujourd'hui, comme c'est le premier jour du Bon, nous sommes allées visiter les temples. Et nous rentrions chez nous – un peu tard – lorsque s'est produite cette étrange rencontre.

– Oh ! s'écria Shinzaburō, comme c'est extraordinaire ! Est-ce possible ou n'est-ce qu'un rêve ? Moi aussi j'ai récité constamment le Salut aux Âmes devant une tablette qui porte son nom. Regardez !

Et il leur montra la tablette de O-Tsuyu, placée dans la niche sur la planche à âmes.

– Nous vous sommes plus que reconnaissantes pour votre aimable souvenir, répliqua O-Yoné en souriant.

Puis elle se tourna vers O-Tsuyu qui, pendant tout ce temps, était demeurée confuse et silencieuse, cachant à demi son visage derrière sa manche. Et elle reprit :

– Savez-vous que ma maîtresse me dit souvent qu'elle ne regretterait pas d'être reniée par son père pour la durée de sept existences[7], ou même d'être tuée par lui par amour pour vous ?... Voyons, vous lui permettrez bien de passer la nuit ici ?...

Shinzaburō pâlit de joie. Et il répondit d'une voix que l'émotion faisait trembler :

– Restez, je vous en prie. Mais ne parlez pas trop fort, car il y a un *ninsomi*[8] très ennuyeux qui demeure tout près d'ici – un homme qui sait lire l'avenir sur les traits du visage. Il s'appelle Hakuodo Yusai. Il est assez curieux de son naturel et mieux vaut qu'il ignore votre visite.

Alors les deux femmes passèrent la nuit dans la maison du jeune samouraï et ne retournèrent chez elles qu'un peu avant l'aube. Et par la suite, elles vinrent chaque nuit, pendant sept nuits consécutives, qu'il fît beau ou mauvais, toujours à la même heure. Et Shinzaburō se sentait de plus en plus attaché à la jeune fille, et ils étaient tous deux enchaînés l'un à l'autre par ce lien de l'illusion qui est plus fort que les liens de fer.

---

7. «Pour la durée de sept existences», c'est-à-dire pour la durée de sept vies successives. Dans le drame et le roman japonais, il n'est pas rare de représenter un père qui renie son enfant «pour la durée de sept existences». Pareil reniement est appelé s*chichi-shō madé no-mandō*, ce qui signifie que le fils ou la fille désobéissants continueront à ressentir les effets du courroux paternel pendant six vies successives.

8. Cette profession n'est pas encore éteinte. Le *ninsomi* se sert d'une loupe ou parfois d'un miroir grossissant, appelé *tengankyō* ou *ninsoméganė.*

IV

Or, il y avait un homme appelé Tomozō qui vivait dans une petite chaumière attenant à la demeure de Shinzaburō. Tomozō et sa femme, O-Miné, servaient de domestiques au jeune samouraï. Ils paraissaient très dévoués à leur maître, dont le secours leur permettait de vivre dans une aisance relative.

Un soir, à une heure très tardive, Tomozō entendit une voix de femme dans l'appartement de son maître, et il s'en inquiéta. Il craignait que Shinzaburō, qui était très doux et très affectueux, ne fût la proie de quelque courtisane, et en pareil cas les domestiques seraient les premiers à pâtir. Il résolut donc de surveiller son maître. La nuit suivante, il se glissa à pas de loup jusqu'à la maison du jeune homme et colla son œil contre la fente d'un des volets à glissières. Grâce au reflet d'une veilleuse qui éclairait la chambre à coucher, il put apercevoir son maître et une femme inconnue qui se parlaient sous la moustiquaire. Tout d'abord, il ne vit pas très distinctement la femme – elle lui tournait le dos – et il remarqua seulement qu'elle était très mince et qu'elle semblait très jeune, à en juger d'après la mode de sa robe et de sa coiffure. Il appuya son oreille contre la fente et put ainsi entendre clairement la conversation.

La femme disait :

– Et si mon père me reniait, me permettriez-vous de venir habiter près de vous ?

Shinzaburō répondit :

– Assurément, j'en serais trop heureux. Mais il n'y a aucune raison pour que votre père vous renie. Vous êtes sa fille unique et il vous aime beaucoup. Je crains surtout qu'un jour nous ne soyons cruellement séparés.

新形三十六怪撰

Alors elle répondit doucement :

– Jamais, jamais je ne pourrais même rêver d'accepter un autre que vous pour époux. Même si notre secret venait à être connu, et si mon père me tuait pour me punir, même après la mort je ne cesserais jamais de penser à vous. Et à présent je suis tout à fait sûre que vous-même vous ne sauriez vivre longtemps séparé de moi.

Puis le tenant étroitement enlacé et lui frôlant le cou de ses lèvres, elle le caressa, et Shinzaburō lui rendit ses caresses. Tomozō était très surpris de ce qu'il entendait. Le langage de cette femme n'était pas celui d'une femme du peuple, mais celui d'une dame de haut rang. Alors il résolut à tout hasard de voir son visage, ne fût-ce qu'un instant. Il fit donc sans bruit le tour de la maison, en regardant par chaque interstice, par chaque fente des volets : enfin il réussit à voir. Mais alors il frissonna, et ses cheveux se dressèrent sur sa tête.

Le visage qu'il venait d'apercevoir était celui d'une femme morte depuis longtemps ; les doigts qui caressaient le jeune samouraï étaient décharnés – et à partir de la taille le corps de la femme n'existait pas ; il s'évanouissait et n'était plus que la plus légère des ombres. Là où les yeux de l'amoureux voyaient la jeunesse, la grâce et la beauté, Tomozō ne distinguait que l'horreur et le néant de la mort. Au même instant, une deuxième silhouette de femme, plus étrange encore, se dressa dans un coin de la chambre et s'avança rapidement vers Tomozō, comme si elle avait soupçonné sa présence. Alors, saisi de la terreur la plus intense, il s'enfuit jusqu'à la demeure de Hakuodo Yusai et, frappant violemment à sa porte, il réussit enfin à l'éveiller.

V

Hakuodo Yusai, le *ninsomi*, était un très vieil homme ; mais dans sa jeunesse il avait beaucoup voyagé et il avait entendu et vu tant de choses qu'il ne s'étonnait plus très facilement de rien. Pourtant ce que lui raconta Tomozō terrifié l'alarma et le stupéfia. Il avait lu dans de vieux livres chinois des exemples d'amour entre morts et vivants, mais il n'y avait jamais prêté beaucoup d'attention. Pourtant, il était convaincu que l'histoire du domestique n'était pas un mensonge et qu'il se passait vraiment des choses très étranges dans la maison de Shinzaburō. Et s'il était prouvé que Tomozō avait dit la vérité, alors le jeune samouraï était un homme perdu.

– Si la femme est un fantôme, dit Hakuodo Yusai au domestique qui tremblait encore, si la femme est un fantôme, votre maître mourra bientôt, à moins qu'on puisse faire quelque chose d'extraordinaire pour le sauver. Et si la femme est un fantôme, les signes de la mort apparaîtront bientôt sur le visage de votre maître. Car l'esprit des vivants est positif et pur, mais l'esprit des morts est négatif et impur. Celui dont l'épouse est un fantôme ne vivra point. Même si son sang contenait la force d'une vie de cent années, cette force déclinerait vite... Pourtant je ferai tout ce qui est en mon pouvoir pour sauver Shinzaburō. Et, en attendant, ne dites rien à personne, pas même à votre femme, de cette étrange affaire. Dès l'aurore je me rendrai auprès de votre maître.

VI

Lorsque Hakuodo Yusai l'interrogea le lendemain, Shinzaburō essaya d'abord de nier que des femmes lui eussent rendu visite. Mais il s'aperçut que ses dénégations étaient inutiles et que le vieillard l'interrogeait avec bienveillance. Il dut alors avouer ce qui s'était vraiment passé. Mais il demanda que l'affaire restât secrète, car il voulait épouser O-Tsuyu le plus tôt possible.

– Oh, folie ! s'écria Hakuodo Yusai, perdant tout à coup patience, tant son inquiétude était grande. Sachez, Seigneur, que les femmes qui viennent ainsi la nuit chez vous sont mortes, mortes depuis longtemps. Vous êtes victime de quelque affreuse illusion. Les lèvres de la Mort vous ont touché, les mains de la Mort vous ont caressé... En ce moment même, j'aperçois sur votre visage les signes de la mort... et pourtant vous ne me croyez pas. Ah ! Seigneur, écoutez-moi, je vous en supplie, si vous désirez vous sauver. Sinon, vous n'avez pas vingt jours à vivre. Ces femmes vous ont dit qu'elles habitaient dans le quartier de la Vallée Basse, à Yanaka-no-Sasaki. Y êtes-vous jamais allé les voir ? Non, naturellement, vous n'y êtes pas allé. Eh bien, croyez-moi, allez-y aujourd'hui même, aussitôt que possible, et essayez de trouver leur demeure.

Ayant donné ce conseil d'un ton très véhément et très convaincu, Hakuodo Yusai prit brusquement congé.

Shinzaburō, un peu effrayé, bien que nullement convaincu, résolut, après avoir réfléchi un instant, de suivre le conseil du vieillard et de se rendre à la Vallée Basse. La matinée était encore fort peu avancée lorsqu'il arriva au quartier de Yanaka-no-Sasaki et se mit à la recherche de la demeure de O-Tsuyu. Il traversa toutes les rues, toutes les ruelles ; il lut tous les noms inscrits sur toutes les portes ; il se renseigna des fois innombrables. Mais il ne vit pas de maison qui ressemblât à la petite demeure décrite par O-Yoné, et dans le quartier personne ne connaissait de maison habitée par deux femmes seules. Persuadé enfin qu'il était inutile de chercher plus longtemps, il s'en retourna par le chemin le plus court, qui justement traversait les jardins du temple Shin-Banzui-In.

Tout à coup son attention fut attirée par deux tombes neuves, placées l'une à côté de l'autre, derrière le temple. L'une était une tombe commune, qui avait été sans doute érigée pour une personne d'humble condition. L'autre était un monument important, fort beau, devant lequel était suspendue une superbe lanterne pivoine, oubliée là peut-être depuis le jour du Festival des Morts. Shinzaburō se souvint que la lanterne pivoine que portait O-Yoné était exactement pareille à celle-ci, et la coïncidence lui parut bizarre. Il examina de nouveau les tombes. Mais ni l'une ni l'autre ne portait les noms des personnes ensevelies, mais seulement leur *kaimyō*, leur nom bouddhique posthume. Alors il décida d'essayer de se renseigner au temple même. Là, il apprit d'un acolyte que le grand tombeau venait d'être construit tout récemment pour la fille de Iijima Heizayemon, le porte-étendard du quartier Ushigomé, et que la petite tombe était celle de sa servante O-Yoné, qui était morte de douleur peu de temps après l'enterrement de la jeune fille. Immédiatement les paroles d'O-Yoné revinrent à la mémoire de Shinzaburō avec une signification nouvelle et sinistre :

« *Nous sommes parties et nous avons trouvé une très petite maison à Yanaka-no-Sasaki. Et là nous arrivons tout juste à vivre, en faisant un peu de travail privé.* »

Il voyait bien la très petite maison – elle était bien à Yanaka-no-Sasaki... Mais le travail privé? Terrifié, le samouraï se hâta vers la demeure de Hakuodo Yusai et le supplia de l'aider et de le conseiller. Mais celui-ci se déclara incapable de lui apporter aucune aide dans une telle aventure. Il engagea Shinzaburō à se rendre auprès du grand prêtre Ryoséki, ou « foi inébranlable », et lui donna une lettre implorant un secours religieux immédiat.

VII

Le grand prêtre Ryoséki était un sage et un érudit. Grâce à sa seconde vue spirituelle, il devinait le secret de tout chagrin et la nature du karma qui le causait. Il écouta impassible le récit de Shinzaburō, mais il lui dit :

– Un très grand danger vous menace en ce moment à cause d'une erreur que vous avez commise dans une de vos existences précédentes. Le karma qui vous lie à la morte est très puissant ; pourtant si j'essayais de vous en expliquer le caractère, vous ne comprendriez pas. Je ne vous dirai donc que ceci : la morte ne désire aucunement vous nuire ; elle ne ressent pour vous aucune inimitié. Au contraire, elle éprouve une affection passionnée à votre égard. Sans doute cette jeune fille vous aimait-elle bien avant votre vie présente. Elle vous aime sûrement depuis au moins trois ou quatre existences antérieures. Il semble que, bien qu'elle ait nécessairement changé de forme et de condition à chaque incarnation successive, elle n'a pas pu cesser de vous suivre. Donc, il ne vous sera guère facile d'échapper à son influence. Mais je vais vous prêter ce *mamori*[9] qui est très puissant. C'est une image tout en or pur du Bouddha qui est appelé le Tathāgata

9. Le mot japonais *mamori* a au moins autant de significations que celles qui se rattachent à notre terme « amulette ». Il serait impossible dans une simple note de donner ne fût-ce qu'une idée de la variété d'objets japonais auxquels ce nom est donné. Ici le *mamori* est une très petite image sans

百物語
前北斎筆

– « bruit de mer » – parce que son enseignement de la Loi résonne à travers le monde comme le bruit de la mer. Et cette petite image est surtout un *shiryō-yoké*, un talisman contre l'esprit des morts[10]. Elle protège les vivants contre les morts délaissés, pour le repos de l'esprit inquiet. Enfin voici un sûtra sacré appelé le *Ubō-Darani-Kyō*, ou Sûtra-qui-fait-pleuvoir-les-Trésors[11]. Vous aurez soin de le réciter chaque soir, chez vous, sans faute... De plus, je vous donnerai ce paquet d'*o-fuda*[12], ou textes religieux ; vous en collerez un sur chaque ouverture de votre maison, si petite qu'elle soit. La vertu de ces textes sacrés empêchera les mortes de pénétrer chez vous... Mais quoi qu'il arrive, n'oubliez pas de réciter le sûtra.

---

doute renfermée dans une châsse minuscule en laque ou en métal, recouverte d'un sac de soie. Les samouraïs portaient souvent sur eux de pareilles images. On m'a montré tout récemment une figurine de Kwannon enfermée dans un petit coffret de fer, et qu'un officier avait portée sur lui pendant toute la guerre de Satsuma. Il observa, fort justement, que le *mamori* lui avait sans doute sauvé la vie, car une balle était venue s'aplatir contre le coffret, et on en voyait très nettement la marque.

10. De *shiryō* (fantôme) et *yokeru* (exclure). Dans le folklore japonais il y a deux sortes de fantômes : les esprits des morts, *shiryō*, et les esprits des vivants, *ikiryō*. Une maison ou une personne peut être aussi bien hantée par un *ikiryō* que par un *shiryō*.

11. Il serait plus correct d'écrire le nom comme suit : *Ubō-Darani Kyō*. C'est la prononciation japonaise d'un très court sûtra traduit du sanscrit en chinois par le prêtre indien Amoghavajra peut-être au début du VIIIe siècle. Le texte chinois contient des translittérations de certains mots sanscrits très mystérieux, sans doute des mots talismans comme ceux que l'on rencontre dans la traduction du Saddharma-Pundarika par Kern.

12. *O-fuda*, nom général donné aux textes religieux servant de charmes ou talismans. Ces textes sont parfois brûlés sur du bois, mais plus souvent écrits ou imprimés sur d'étroites bandes de papier. On colle des *o-fuda* au-dessus des portes d'entrée, sur les murs, sur des tablettes placées sur les autels domestiques. Certains se portent sur la personne même ; d'autres, roulés en pilules, s'avalent en guise de remède spirituel. Le texte des grands *o-fuda* s'accompagne souvent de gravures curieuses, ou illustrations symboliques.

Shinzaburō remercia humblement le grand prêtre. Puis, emportant avec lui l'image, le sûtra et le rouleau de textes sacrés, il se hâta de rentrer chez lui avant le coucher du soleil.

VIII

Avec l'aide de Hakuodo Yusai, Shinzaburō réussit à fixer les saints écrits sur toutes les ouvertures de sa maison avant la nuit. Puis le vieillard retourna chez lui et laissa le jeune homme seul.

La nuit vint, chaude et claire. Shinzaburō s'assura que les portes étaient bien fermées. Puis il attacha l'amulette précieuse autour de sa taille, il se glissa sous sa moustiquaire, et enfin, à la lueur d'une veilleuse, il se mit à réciter le Sûtra-qui-fait-pleuvoir-les-Trésors. Longtemps il psalmodia les mots sans bien comprendre leur sens. Ensuite il essaya de se reposer. Mais son esprit était encore trop troublé par tous les événements étranges de la journée. Minuit sonna et passa; le sommeil ne venait toujours pas. Enfin il entendit le tintement sonore de la grande cloche du temple qui annonçait la huitième heure[13]. La cloche se tut, et tout à coup Shinzaburō distingua le bruit de *geta* qui s'approchaient, venant de la direction habituelle, mais cette fois plus lentement :

13. Suivant l'ancienne manière japonaise de compter les heures, la *yatsudoki* ou huitième heure correspondait à deux heures du matin chez nous. Chaque heure japonaise égalait deux heures européennes, de sorte qu'il n'y avait que six heures au lieu de douze. Et ces six heures se comptaient par ordre inverse, 9, 8, 7, 6, 5, 4. Ainsi la neuvième heure correspondait à notre midi ou minuit, neuf heures et demie à une heure, et huit heures à deux heures. Et deux heures du matin, appelée aussi «l'heure du Bœuf» était, chez les Japonais, l'heure propice aux fantômes et aux mauvais esprits.

karan-koron, karan-koron! Une sueur glacée perla sur son front. Il déroula hâtivement le sûtra d'une main tremblante et se mit à le réciter à haute voix. Les pas s'approchèrent plus près, plus près encore ; ils longèrent la haie vive, s'arrêtèrent. Alors, et ceci est étrange, Shinzaburō se sentit dans l'impossibilité de demeurer sous sa moustiquaire un instant de plus. Quelque chose de plus fort que sa crainte le contraignit à se lever et à aller voir ce qui se passait. Et au lieu de continuer à réciter le sûtra, il s'approcha sottement des volets et regarda fixement dans la nuit à travers une des fentes. Il vit, devant la maison, O-Tsuyu et O-Yoné tenant la lanterne pivoine. Et elles examinaient toutes deux le texte bouddhiste collé au-dessus de l'entrée. Jamais, même de son vivant, O-Tsuyu n'avait paru si belle ; et Shinzaburō sentit son cœur attiré vers elle comme par une force presque irrésistible. Pourtant la terreur de la mort le retint, et il se livra en lui une telle lutte entre son amour et sa crainte qu'il lui sembla souffrir dans son corps tous les tourments de l'enfer de Shōnetsu[14].

Après un instant, il entendit la voix de la domestique qui disait :

– Ma chère maîtresse, il n'y a pas moyen d'entrer. Le cœur de Shinzaburō a sans doute changé dans ses sentiments envers vous. Il n'a pas tenu la promesse qu'il nous a faite hier ; les portes ont été soigneusement fermées. Nous ne pouvons pénétrer chez lui ce soir... Il sera plus sage de prendre la résolution de ne plus penser à lui, car son sentiment pour vous a sûrement varié. Il est évident qu'il ne désire plus vous voir. Mieux vaut ne plus vous soucier ni vous tourmenter pour un homme aussi inconstant.

14. Le Sixième des Huit Enfers Brûlants du bouddhisme japonais. Un jour d'existence dans cet Enfer équivaut à des millions d'années humaines.

Mais la jeune fille répondit en pleurant :

– Ah ! songer que pareille chose puisse arriver après tous les serments que nous avons échangés... On m'a souvent dit que le cœur de l'homme est aussi variable que le ciel d'automne... Pourtant celui de Shinzaburō ne peut être aussi cruel. Il ne peut songer à me renvoyer ainsi. Chère O-Yoné, trouve, je t'en supplie, un moyen pour me conduire jusqu'à lui... Si tu ne réussis pas, je ne retournerai jamais, jamais chez nous !...

Elle continua à supplier ainsi, en se voilant la figure de ses longues manches. Et elle était très belle et infiniment touchante. Mais la crainte de la mort dominait son amant.

Enfin O-Yoné répondit :

– Ma chère demoiselle, pourquoi troubler ainsi votre esprit pour un homme cruel ? Enfin, voyons toujours s'il n'y a pas un moyen quelconque de pénétrer dans la maison.

Elle prit O-Tsuyu par la main et la mena de l'autre côté de la maison ; et là elles disparurent toutes deux aussi subitement que la lumière lorsque la flamme d'une lampe s'éteint brusquement.

IX

Toutes les nuits les ombres revinrent à l'heure du Bœuf, et toutes les nuits Shinzaburō entendit les pleurs de O-Tsuyu. Pourtant il se croyait sauvé et il ne se doutait pas que son sort était déjà décidé, et qu'il était perdu à cause de ses domestiques.

Tomozō avait promis à Hakuodo Yusai de ne jamais parler à personne, même à sa femme, O-Miné, de ces étranges événements. Mais les fantômes ne le laissèrent pas longtemps en paix. Toutes les nuits O-Yoné entrait chez lui ; elle le tirait de son sommeil et lui demandait d'enlever le talisman placé au-dessus d'une toute petite lucarne située à l'arrière de la demeure de son maître. Et par crainte, Tomozō promettait souvent d'enlever ce talisman avant le prochain coucher du soleil ; mais dans la journée il ne pouvait jamais se décider à le faire, car il croyait que les ombres voulaient du mal à Shinzaburō.

Enfin, par une nuit orageuse, O-Yoné le réveilla en sursaut par un cri de reproche ; elle se pencha au-dessus de son oreiller et lui dit :

– Prends garde de ne pas te jouer de nous. Si demain soir tu n'as pas enlevé ce texte, tu apprendras comment je sais haïr.

Et en parlant, elle fit une grimace si hideuse que Tomozō crut en mourir de peur.

Jusque-là, O-Miné, la femme de Tomozō, ignorait ces visites, et même à son mari elles avaient semblé de mauvais rêves. Mais cette nuit-là, il advint qu'elle se réveilla soudain et qu'elle entendit une voix de femme qui parlait à Tomozō. Presque au même instant la voix se tut, et lorsque O-Miné regarda autour d'elle, elle aperçut à la lueur de la veilleuse son mari qui frissonnait, blanc de terreur. L'étrangère avait fui, les portes étaient bien closes, il semblait impossible que personne fût entré. Néanmoins la jalousie de O-Miné était éveillée ; elle se mit à faire des reproches à Tomozō et à l'interroger de telle façon qu'il trahit le secret. Et il lui expliqua le terrible dilemme dans lequel il se débattait.

Alors la passion de O-Miné céda à l'étonnement et à la peur. Mais c'était une femme subtile et elle résolut

百人一首之内 大納言経信

immédiatement de sauver son mari en sacrifiant son maître. Et elle dit à Tomozō de transiger avec les mortes.

Celles-ci revinrent encore la nuit suivante à l'heure du Bœuf. O-Miné se cacha en les entendant venir : *karan-koron, karan-koron.* Mais Tomozō alla à leur rencontre dans l'obscurité et trouva même suffisamment de courage pour leur dire ce que sa femme lui avait conseillé.

– Il est vrai que je mérite vos reproches ; mais je ne voulais pas vous fâcher. Si le talisman n'a pas encore été enlevé, c'est que ma femme et moi ne vivons que grâce au secours de Shinzaburō ; nous ne pouvons l'exposer à un danger quelconque sans attirer le malheur sur nous-mêmes. Mais si nous pouvions obtenir la somme de cent *ryō* d'or, nous pourrions vous satisfaire, car alors nous ne dépendrions plus de personne. Donnez-nous cent *ryō* et j'enlèverai le talisman sans craindre de compromettre nos seuls moyens d'existence.

Lorsqu'il eut prononcé ces paroles, O-Yoné et O-Tsuyu se considérèrent un instant en silence, puis O-Yoné dit :

– Maîtresse, je vous avais prévenue qu'il n'était pas sage d'inquiéter ainsi cet homme, comme nous n'avons pas de bonne raison de lui en vouloir. De plus, il est certainement inutile de vous préoccuper davantage de Shinzaburō, car son cœur ne vous appartient plus. Encore une fois, ma chère jeune demoiselle, je vous supplie de ne plus penser à lui.

Mais O-Tsuyu répondit en pleurant :

– Chère O-Yoné, quoi qu'il arrive, je ne puis m'empêcher de penser à Shinzaburō. Tu sais que tu peux te procurer les cent *ryō* nécessaires pour faire enlever le talisman ; je te supplie, chère O-Yoné, mène-moi encore une fois, seulement une fois auprès de lui... Je t'en supplie.

Et, cachant son visage dans sa manche, elle sanglota.

– Oh ! pourquoi me demandes-tu de faire cela ? répondit O-Yoné. Tu sais très bien que je n'ai pas d'argent. Mais puisque tu t'entêtes dans ce caprice, malgré tous mes conseils, il me faudra sans doute essayer de me procurer cette somme et de l'apporter demain soir.

Alors elle se tourna vers l'infidèle Tomozō et lui dit :

– Apprends que ton maître porte sur lui une amulette. Tant qu'il la porte, il nous est impossible de nous approcher de lui. Il faudra donc que tu trouves moyen de lui dérober cette amulette et aussi d'enlever le talisman.

Alors Tomozō répondit faiblement :

– Je puis faire cela aussi, si vous me promettez de m'apporter cent *ryō* d'or.

– Eh bien, maîtresse, dit O-Yoné, vous pouvez sans doute patienter jusqu'à demain soir ?

– Oh, sanglota la jeune fille, faut-il vraiment nous en aller ce soir encore sans revoir Shinzaburō ? C'est infiniment cruel !

Mais l'ombre de la maîtresse en pleurs fut entraînée doucement par l'ombre de la servante...

X

Un autre jour se passa. Une autre nuit revint, et avec elle les mortes revinrent aussi. Mais cette fois nulle plainte ne se fit entendre en dehors de la maison du samouraï, car le domestique infidèle reçut sa récompense à l'heure du Bœuf et retira le talisman. Il avait pu aussi, au moment où son maître prenait son bain, dérober de son coffret l'amulette en or et y substituer une image en cuivre, et il avait enterré l'image du Bouddha Bruit-de-la-Mer dans un champ désert. Les visiteuses nocturnes ne rencontrèrent donc aucun obstacle; elles purent pénétrer facilement dans la maison. Voilant leurs visages de leurs manches, elles s'élevèrent et passèrent comme une traînée de vapeur à travers la lucarne dont Tomozō avait arraché le texte sacré. Mais il ne sut jamais ce qui se passa ensuite dans la maison.

Le soleil brillait déjà haut dans le ciel lorsqu'il osa s'approcher de la demeure de son maître et frapper contre les portes à glissières. Pour la première fois depuis plusieurs années, il n'obtint pas de réponse. Et le silence l'épouvanta. Il appela plusieurs fois sans obtenir de réponse. Alors, aidé par O-Miné, il réussit à pénétrer dans la maison. Il se dirigea vers la chambre à coucher où il appela de nouveau, mais en vain. Il roula les volets pour laisser entrer la lumière. Pourtant rien ne bougea dans la pièce. Enfin il osa soulever un coin de la moustiquaire... Mais aussitôt il s'enfuit en poussant un cri de terreur...

Shinzaburō était mort – hideusement. Son visage était celui d'un homme qui avait trouvé la mort dans la plus affreuse angoisse. Et dans le lit, étendu à ses côtés, était le squelette d'une femme dont les os des bras et les os des mains étreignaient étroitement le cou du jeune samouraï.

XI

Hakuodo Yusai, qui lisait l'avenir sur les traits du visage, alla voir le cadavre à la prière du traître Tomozō. Le vieillard fut étonné et terrifié. Mais il regarda tout autour de lui d'un œil attentif. Il vit bientôt que le talisman manquait à la petite lucarne de l'arrière de la maison. Et en examinant le corps de Shinzaburō, il découvrit que la petite amulette d'or avait été enlevée de sa gaine et qu'on l'avait remplacée par une image en cuivre. Il soupçonna que le domestique était responsable du vol, mais toute l'affaire était si extraordinaire qu'il jugea prudent de consulter Ryoséki, le prêtre, avant de prendre aucune décision. Donc, après avoir examiné avec soin toute la maison, il s'en fut au temple de Shin-Banzui-In aussi vite que ses vieilles jambes pouvaient le porter. Ryoséki n'attendit pas que le vieillard lui eût dit l'objet de sa visite ; il l'invita immédiatement à entrer dans sa demeure.

– Vous savez que vous êtes toujours le bienvenu ici, dit-il. Asseyez-vous, je vous prie, tout à votre aise. Eh bien, je regrette d'avoir à vous apprendre que Shinzaburō est mort.

Alors Hakuodo Yusai s'écria, stupéfait :

– Oui, il est mort. Mais comment le savez-vous ?

– Shinzaburō, répondit le prêtre, souffrait des conséquences d'un karma maléfique, et son domestique est un mauvais homme. Shinzaburō ne pouvait éviter sa destinée, car elle avait été déterminée depuis longtemps, bien avant sa dernière réincarnation. Ne vous troublez donc pas de cet événement.

Hakuodo Yusai dit :

– J'ai entendu dire qu'un prêtre menant une vie pure peut obtenir le pouvoir de lire dans l'avenir pendant cent ans. Mais en vérité c'est la première fois de ma vie que je rencontre un exemple de ce pouvoir. Pourtant je suis encore inquiet à un autre sujet...

– Vous voulez parler du vol de l'amulette sacrée du Bouddha Bruit-de-la-Mer, interrompit le prêtre. Mais ne vous en inquiétez aucunement. L'image a été enterrée dans un champ. On l'y retrouvera et on me la rapportera pendant le huitième mois de l'année qui vient. Donc, je vous prie de ne pas vous tourmenter à ce sujet.

Le vieux *ninsomi* était de plus en plus étonné, et il observa :

– J'ai étudié le *In-Yō*, la Doctrine divine du positif et du négatif et la science de la divination[15]. Et je gagne ma vie en prédisant l'avenir. Mais je n'arrive pas à comprendre comment vous savez toutes ces choses.

Alors Ryoséki répondit gravement :

– Qu'importe comment je les sais... Je veux maintenant parler des obsèques de Shinzaburō. Bien entendu, la famille du jeune samouraï a son propre cimetière; pourtant il ne serait pas convenable de l'y enterrer. Il faut qu'il repose aux côtés de O-Tsuyu, la fille de Iijima Heizayemon, car le karma qui existait entre eux était extrêmement puissant. Et il n'est que juste que vous lui fassiez ériger une tombe à vos propres dépens, car vous lui devez bien des faveurs.

C'est ainsi qu'il advint que Shinzaburō fut enterré auprès de O-Tsuyu dans le cimetière de Shin-Banzui-In à Yanako-no-Sasaki.

Ici finit l'histoire des fantômes dans le roman de *La Lanterne pivoine.*

XII

Mon ami me demanda si l'histoire m'avait intéressé et je lui répondis que je désirais me rendre au cimetière de Shin-Banzui-ln, afin de me rendre mieux compte de la couleur locale des descriptions de l'auteur.

15. Les principes mâle et femelle de l'univers, les forces actives et passives de la nature. Yusai fait ici allusion à l'ancienne philosophie de la nature des Chinois, que les Occidentaux connaissent sous le nom de Feng-Shui.

新形三十六怪撰
蘭丸蘇鐵之怪ヲ見ル圖

– Je vous accompagnerai tout de suite, dit-il. Mais comment avez-vous trouvé les personnages ?

– Du point de vue occidental, répondis-je, Shinzaburō est méprisable. Je l'ai comparé en mon souvenir aux amants fidèles de notre ancienne littérature romantique. Ceux-là se montraient trop heureux de suivre dans la tombe une maîtresse morte, et pourtant étant chrétiens, ils croyaient ne pouvoir jouir en ce monde que d'une seule vie humaine. Mais Shinzaburō était bouddhiste : des millions de vies s'étendaient derrière lui, et des millions de vies l'attendaient ; pourtant il était trop égoïste pour sacrifier ne fût-ce qu'une misérable existence pour l'amour de la revenante. Et il était encore plus lâche qu'égoïste. Bien qu'étant par naissance et éducation un samouraï, il n'hésita pas à implorer un prêtre de le sauver des fantômes. Il se révéla méprisable dans chacun de ses actes, et O-Tsuyu eut tout à fait raison de l'étrangler !

– Oui, Shinzaburō est également assez méprisable du point de vue japonais, dit mon ami. Mais ce caractère très faible permet à l'auteur de développer certains incidents qu'il n'aurait pas pu traiter autrement avec autant de succès. À mon idée, le seul caractère attrayant de l'histoire est celui de O-Yoné, type de l'ancienne domestique dévouée d'autrefois : intelligente, rusée, pleine de ressources – fidèle, non pas jusqu'à la mort, mais au-delà de la mort. Eh bien, allons à Shin-Banzui-In.

Le temple nous parut peu intéressant et le cimetière une abomination de désolation. Des emplacements jadis occupés par des tombes étaient transformés en carrés de pommes de terre, entre lesquels on voyait des tombes dont les pierres penchaient à tous les angles hors de la perpendiculaire, tablettes rendues illisibles par la mousse, piédestaux vides, vases à eau brisés, statues de Bouddha sans têtes ni mains. Les pluies récentes avaient détrempé le sol noir, laissant çà et là de petites flaques de boue autour desquelles grouillaient des grenouilles. Tout – sauf les carrés de pommes de terre – semblait abandonné depuis des années. Sous un hangar près de l'entrée, nous aperçûmes une femme occupée à cuisiner, et mon compagnon lui demanda si elle avait connaissance des tombes décrites dans le roman de *La Lanterne pivoine*.

– Ah, dit-elle en souriant, les tombes de O-Tsuyu et de O-Yoné ? Vous les trouverez à l'extrémité de la première rangée derrière le temple, à côté de la statue de Jizō.

J'avais déjà rencontré au Japon des surprises de ce genre.

Nous nous dirigeâmes à travers les flaques d'eau et entre les pousses vertes des jeunes pommes de terre dont les racines se nourrissaient sans doute de la substance de bien d'autres O-Tsuyu et O-Yoné ; et nous parvînmes enfin à deux tombes rongées de lichens, dont les inscriptions étaient presque oblitérées. À côté de la plus grande tombe se dressait une statue de Jizō au nez cassé.

– Les caractères ne sont guère faciles à déchiffrer, dit mon ami, mais attendez un instant.

Il tira de sa manche une feuille de papier blanc très fin et la posa sur l'inscription ; puis il frotta le papier avec un morceau d'argile. Et les caractères apparurent en blanc sur la surface noircie.

« *Onzième jour, troisième mois ; Rat, Frère aîné, Feu ; sixième année de Hōréki* (1756 après J.-C.) »... Voici qui paraît être la tombe de quelque aubergiste de Nedzu appelé Kichibei. Voyons ce qui est inscrit sur l'autre monument.

« *En-myō-In, Ho-yo-I-tei-ken-shi, ho-ni ; Religieuse de la Loi, Illustre, Pure de Cœur et de volonté. Célèbre dans la Loi, habitant la Demeure de la Prédication de l'Émerveillement* »... La tombe de quelque religieuse bouddhiste.

– Quelle absurdité ! m'écriai-je. Cette femme s'est moquée de nous.

– Ah ! s'écria mon ami, vous êtes bien injuste envers elle ! Vous êtes venu ici parce que vous cherchiez une sensation. Elle a essayé de son mieux de vous satisfaire... Car vous ne pensiez tout de même pas que cette histoire de revenants fût vraie ?

土井

新形三十六怪撰

Le Gamin qui dessinait des chats

(The Boy Who Drew Cats)

Il y a très, très longtemps, dans un petit village du Japon, vivaient un pauvre fermier et sa femme qui étaient tous deux des gens excellents. Ils avaient plusieurs enfants et avaient beaucoup de peine à les nourrir tous. Lorsque le fils aîné eut quatorze ans, il était déjà assez fort pour aider son père. Quant aux petites filles, elles apprirent à aider leur mère aux soins du ménage dès qu'elles purent marcher.

Mais le plus jeune de la famille ne semblait pas fait pour les gros travaux. Il était fort intelligent, beaucoup plus intelligent même que tous ses frères et sœurs, mais il était très petit et faible, et les gens disaient qu'il ne grandirait pas. Ses parents estimaient qu'il serait préférable pour lui de se faire prêtre plutôt que de devenir fermier. Ils l'emmenèrent donc un jour au temple du village et ils demandèrent au bon vieux prêtre qui y vivait s'il voudrait prendre leur petit garçon comme acolyte et lui enseigner tout ce qu'un prêtre doit savoir.

Le vieillard parla au gamin avec bienveillance et lui posa quelques questions bien ardues ; mais il y répondit d'une façon si intelligente que le prêtre consentit à l'accueillir au temple comme acolyte, et à l'instruire en vue d'en faire un prêtre.

Le gamin apprenait tout ce que le prêtre lui enseignait et se montrait, en général, fort obéissant. Cependant, il avait un défaut. Il aimait à dessiner des chats pendant les heures d'étude, et à les dessiner précisément là où les chats n'eussent jamais dû être dessinés.

Dès qu'il était seul, il se mettait donc à dessiner des chats ; il les dessinait sur les marges des livres du prêtre et sur tous les écrans du temple, sur les murs et sur les piliers. Le prêtre lui fit observer plusieurs fois que c'était fort mal ; mais cela ne l'empêchait pas de recommencer. Il dessinait des chats parce qu'il ne pouvait y résister. Il avait ce qu'on appelle le génie artistique, et précisément pour cette raison il n'était guère fait pour devenir acolyte. Car un bon acolyte doit se contenter d'étudier les livres.

Un jour, comme il venait de terminer quelques dessins de chats très spirituels sur un écran de papier, le vieux prêtre lui dit sévèrement :

– Mon garçon, il vous faut quitter ce temple immédiatement. Vous ne ferez jamais un bon prêtre, mais peut-être deviendrez-vous un grand artiste. Laissez-moi donc vous donner un dernier conseil, et surtout ne l'oubliez jamais : évitez les grands espaces la nuit ; recherchez les petits.

Le gamin ne comprit pas ce que le prêtre voulait dire par cette recommandation : « Évitez les grands espaces la nuit ; recherchez les petits. » Il y réfléchit beaucoup tout en préparant son petit baluchon pour partir. Mais il n'arrivait point à comprendre ces paroles ; et il n'osa plus parler au vieux prêtre que pour lui dire adieu.

Il quitta le temple avec beaucoup de chagrin et se demanda ce qu'il allait faire. S'il rentrait tout droit chez lui, il était sûr que son père le punirait pour avoir

たとゑ尽の内
加賀安

désobéi au prêtre : aussi avait-il peur de retourner chez ses parents. Tout à coup il se souvint qu'il y avait un très grand temple au village voisin, à quelque distance de là. Et il avait entendu qu'il y avait plusieurs prêtres affectés à ce temple. Il résolut d'aller les trouver et de leur demander de le prendre comme acolyte.

Or, le gamin ignorait que le grand temple était fermé et que les prêtres en étaient partis, effrayés par un démon qui s'y était introduit et qui s'en était ensuite emparé. Quelques vaillants fermiers étaient bien allés la nuit au temple afin de tuer le démon ; on ne les avait jamais revus vivants. Mais personne n'avait raconté ces choses au gamin, qui se rendit donc à pied jusqu'au village voisin dans l'espoir d'être bien accueilli des prêtres.

Il faisait déjà nuit lorsqu'il parvint au village, et tout le monde était couché. Mais il aperçut le temple, là-bas sur la colline, à l'autre extrémité de la rue principale, et il remarqua qu'une lumière y brillait. Ceux qui racontent l'histoire affirment que le démon allumait cette lumière afin de tenter les voyageurs de venir lui demander abri. Le gamin alla tout droit au temple et frappa à la porte. Il n'y avait aucun bruit à l'intérieur. Il frappa de nouveau plusieurs fois ; mais personne ne vint lui ouvrir. Alors il poussa la porte très doucement et fut heureux de découvrir qu'elle n'était pas fermée à clef. Il entra dans le temple où il vit une lampe allumée, mais aucun prêtre n'était là.

Il crut qu'un prêtre ou l'autre rentrerait bientôt, et il s'assit pour les attendre. Alors il remarqua que tout dans le temple était gris de poussière et recouvert d'une épaisse couche de toiles d'araignée. Il se dit que les prêtres seraient certainement heureux d'avoir un acolyte qui pourrait nettoyer le temple. Cependant, ce qui le ravit le plus, ce fut certains grands écrans blancs sur lesquels il pourrait peindre des chats. Bien qu'il fût très fatigué, il se mit à chercher une boîte à peinture. Puis, en ayant trouvé une, il broya de l'encre et se mit aussitôt à peindre.

Il peignit un grand nombre de chats sur les écrans, mais enfin il sentit venir le sommeil. Il allait donc s'étendre à terre à côté de l'un des écrans, lorsqu'il se souvint tout à coup des paroles du prêtre : « Évitez les grands espaces la nuit, recherchez les petits. »

Le temple était très grand ; il était seul ; et comme il songeait à ces paroles, bien qu'il n'arrivât pas à les comprendre, il commença d'éprouver une certaine crainte. Il résolut donc de chercher un endroit où il pût dormir. À la fin, il découvrit un petit réduit où il s'enferma. Puis il s'étendit, et bientôt il s'endormit.

Très tard au milieu de la nuit, il fut réveillé par un vacarme effroyable où se mêlaient des bruits de lutte et des cris perçants. C'était si affreux qu'il n'osa même pas regarder à travers une fente de la porte du petit réduit, pour voir ce qui se passait ; il demeura immobile en retenant son souffle, de terreur.

La lumière s'éteignit, mais les bruits affreux continuèrent et devinrent de plus en plus effroyables, et tout le temple se mit à trembler. Puis, après un long moment, le silence régna de nouveau ; mais le gamin avait toujours peur de bouger. Il ne remua que lorsque la clarté du soleil matinal brilla à travers les fentes de la petite porte.

Alors il sortit très prudemment de sa cachette et jeta des regards autour de lui. Il vit que tout le parquet du temple était couvert de sang. Et il aperçut, étendu mort au milieu de ce sang, un rat énorme, un rat monstrueux, un rat-démon, plus grand qu'une vache !... Mais qui avait donc bien pu le tuer ? Il ne voyait ni homme, ni aucune bête vivante. Tout à coup le gamin remarqua que les gueules de tous les chats qu'il avait dessinés la veille au soir étaient rouges et souillées de sang. Alors il se rendit compte que le démon avait été tué par les chats dessinés par lui. Et il comprit pour la première fois pourquoi le vieux prêtre lui avait dit dans sa sagesse : « Évitez les grands espaces, la nuit ; recherchez les petits. »

Le gamin devint un artiste très célèbre. Et l'on voit encore aujourd'hui, au Japon, certains des chats qu'il dessina.

一勇齋國芳画

賢女烈婦傳
初花
飯沼勝五郎が妻なり患難の中夫
の病苦を憂ひ箱根権現を祈り百日
が間滝ニ浴し其身ハ貞節をま
もりて瀧口上野がためニ刀下の
鬼となるといへども権現の霊験ニ
よりて夫の讐を愈して本
意を遂しむ
一勇斎国芳画

La Légende de «La cascade des esprits»

(The Legend of Yūrei-Daki)

Non loin du village de Kurosaka, dans la province de Koki, se trouve une chute d'eau que l'on nomme le *Yūrei-Daki* ou «cascade des esprits». J'ignore pour quel motif on l'appelle ainsi. Au pied de la chute se trouve un petit sanctuaire shinto consacré à la divinité locale, que les gens du peuple désignent sous le nom de Taki-Daïmyojin, et devant l'autel on voit un tronc de petite dimension, ou *saïsen bako*, destiné à recevoir les offrandes des fidèles. Et l'on raconte une histoire relative à ce tronc aux offrandes.

Il y a trente-cinq ans, un soir d'hiver, par un temps glacial, les femmes et les jeunes filles employées en qualité d'ouvrières dans une *asa-toriba*, ou filature de chanvre, de Kurosaka, se réunirent, quand leur besogne journalière fut terminée, autour du grand brasier de l'atelier. Elles s'amusèrent à se raconter des histoires de revenants. Elles en avaient entendu une douzaine déjà et la plupart d'entre elles commençaient à se sentir assez mal à l'aise, quand une jeune fille, sans doute pour aviver encore le plaisir de la peur, s'écria :

– Oh ! l'idée d'aller cette nuit, toute seule, au *Yūrei-Daki* !

Ce qui provoqua un cri de frayeur unanime, suivi de rires nerveux...

– Je donnerais à celle qui irait tout le chanvre que j'ai filé aujourd'hui, dit une ouvrière d'un ton moqueur.

– Moi aussi, s'écria une seconde.

– Moi de même, ajouta une troisième.

– Nous le donnerions toutes, affirma une quatrième.

À ces mots Yasumoto-O-Katsu se leva parmi les fileuses ; c'était la femme d'un charpentier. Elle portait sur son dos son fils unique, un petit de deux ans qui dormait, soigneusement emmailloté.

– Écoutez-moi, dit O-Katsu. Si vraiment vous vous engagez toutes à me donner tout le chanvre que vous avez filé aujourd'hui, j'irai au *Yūrei-Daki*.

La proposition fut accueillie par des cris d'étonnement et de défi ; cependant lorsqu'elle eut été répétée plusieurs fois, elle fut prise au sérieux. Chacune des fileuses tour à tour promit d'abandonner à O-Katsu sa part du travail de la journée, si elle se rendait au *Yūrei-Daki*.

– Seulement, comment saurons-nous si elle y a été en effet ? demanda une voix mordante.

– Qu'elle rapporte le tronc aux offrandes, répondit une vieille femme que les fileuses appelaient *Obaa-San*, ou « grand-mère ». La preuve sera suffisante.

– Je le rapporterai ! s'écria O-Katsu. Et elle s'élança dans la rue, portant sur son dos l'enfant endormi.

La nuit était glaciale mais claire. O-Katsu descendit à pas pressés la pente de la rue déserte ; elle pouvait voir que les maisons étaient hermétiquement closes, à cause du froid excessif. Elle sortit du village et, le long de la grand-route, elle courut : « *picha-picha* » !... Le vaste silence des rizières gelées l'enveloppait ; seule la lumière des étoiles descendait sur elle. Pendant une demi-heure, elle suivit la voie libre ; puis elle enfila un chemin plus étroit qui ondulait parmi les collines. Plus elle avançait, plus la sente se faisait noire et dure ; mais elle la connaissait parfaitement et bientôt elle entendit le sourd rugissement de l'eau. Quelques minutes encore ; le chemin s'ouvrit en clairière, le rugissement sourd devint une clameur puissante et devant elle, elle aperçut, s'esquissant vaguement sur un fond de ténèbres opaques, la longue lueur tremblante de la cascade. Confusément, elle entrevit le sanctuaire, le tronc. Elle s'avança, étendit la main.

– *Oï! O-Katsu-San*[1] ! Une voix impérieuse venait de retentir, couvrant le fracas des eaux.

O-Katsu demeura immobile, épouvantée et stupéfaite.

– *Oï! O-Katsu-San!* La voix sonna de nouveau, plus menaçante cette fois.

Cependant O-Katsu était vraiment une femme d'une très grande hardiesse. Dominant son étonnement, elle s'empara vivement de la boîte aux offrandes et s'enfuit.

Elle ne vit et n'entendit plus rien d'alarmant jusqu'à ce qu'elle eût atteint la grand-route ; là, elle s'arrêta un instant pour reprendre haleine. Puis elle repartit d'un pied ferme – «*picha-picha*» – jusqu'à ce qu'elle fût à Kurosaka : elle frappa à la porte de l'*asa-toriba.*

Ce furent des exclamations sans fin quand elle se retrouva parmi les femmes et les jeunes filles, haletante et tenant dans ses mains la cassette de la divinité. Suffoquées, elles écoutèrent son récit ; elles poussèrent des cris de sympathie lorsqu'elle dit que la voix l'avait par deux fois, du sein de l'eau magique, appelée par

1. L'exclamation Oï! est destinée à appeler l'attention. Elle est l'équivalent japonais de «Holà!», «Eh, là-bas!»

son nom. – Quelle femme ! Oh ! la brave O-Katsu ! Ma foi, elle avait bien gagné son chanvre !

– Mais, O-Katsu, le petit a bien froid sans doute, dit tout à coup Obaa-San. Nous allons le rapprocher du feu.

– Il a faim aussi, bien sûr, s'écria la mère, il faut que je lui donne son lait ; c'est le moment !

– Pauvre O-Katsu, reprit Obaa-San en l'aidant à défaire les sangles qui soutenaient le bébé. Eh mais ! vous êtes toute mouillée dans le dos ! Et soudain, avec un cri rauque, la bonne vieille s'exclama :

– *Ara !* c'est du sang !

Alors, des bandages défaits, on vit tomber sur le sol un paquet de langes ruisselants de sang et qui ne laissaient passer que deux tout petits pieds, deux toutes petites mains.

La tête de l'enfant avait été arrachée.

新形三
蒲生貞秀臣土岐元貞
甲州猪鼻山魔王投倒圖

Celui qui voulait rencontrer Bouddha

(The Story of a Tengu)

Pendant le règne de l'empereur Go-Reizei, il y avait un saint prêtre qui vivait au temple de Saitō, sur la montagne appelée Hiyei-San près de Kyōto. Un jour d'été, ce bon prêtre regagnait son temple par le chemin de Kita-no-Ōji après avoir fait une visite en ville, lorsqu'il vit des garçons en train de maltraiter un vautour[1] qu'ils avaient pris au piège et qu'ils rouaient de coups de bâton.

– Oh ! le pauvre oiseau, s'écria le prêtre, plein de compassion. Pourquoi le tourmentez-vous ainsi, mes enfants ?

Et un des garçons lui répondit :

– Nous voulons le tuer afin de nous emparer de ses plumes.

1. Cette histoire se trouve dans le curieux vieux livre japonais intitulé *Jikkun-Shō*. La même légende a fourni la donnée d'un nô fort intéressant appelé *Dai-E* («La Grande Assemblée»).

Dans l'art populaire japonais, les *tengu* sont en général représentés sous l'aspect d'hommes ailés, au nez en forme de bec, ou comme des oiseaux de proie. Il y a différentes espèces de *tengu*, mais tous sont censés être des fantômes hantant les montagnes, capables d'assumer des formes diverses, et apparaissant parfois comme des aigles, des vautours ou des corbeaux. Le Bouddhisme semble classer les *tengu* parmi les Mārakāyikas.

Très ému, le prêtre persuada les gamins de lui laisser le vautour en échange d'un éventail qu'il portait. Et il relâcha aussitôt l'oiseau qui, n'ayant pas été très sérieusement blessé, put s'envoler.

Le prêtre reprit sa promenade, heureux d'avoir pu accomplir cet acte de mérite bouddhique. À peine avait-il parcouru quelques mètres qu'il vit un moine inconnu sortir d'un bosquet de bambous qui longeait la route et se hâter vers lui. Le moine le salua très respectueusement et lui dit :

– Seigneur, grâce à votre compatissante bonté, vous m'avez sauvé la vie ; et je désire maintenant vous exprimer ma gratitude comme il sied.

Très étonné de l'entendre s'adresser ainsi à lui, le prêtre répondit :

– Vraiment, je ne me rappelle pas vous avoir jamais vu auparavant. Dites-moi, je vous prie, qui vous êtes.

– Il n'est guère étonnant que vous ne me reconnaissiez pas sous cette forme, répliqua le moine. Je suis le vautour que ces cruels gamins tourmentaient à Kita-no-Ōji. Vous m'avez sauvé la vie : or il n'y a rien au monde de plus précieux que la vie. Donc, maintenant je voudrais vous rendre votre bonté d'une façon ou d'une autre. Dites-moi, je vous en prie, s'il y a quoi que ce soit que vous désiriez posséder, savoir ou voir – enfin si je puis vous rendre quelque service. Car, comme je possède à un petit degré les Six Pouvoirs, je suis à même d'exaucer presque tout désir que vous exprimerez.

En entendant ces mots, le prêtre devina qu'il parlait à un *tengu* et il lui répondit franchement :

– Mon ami, voici longtemps que j'ai cessé d'aimer les choses de ce monde. J'ai maintenant soixante-dix ans ; ni la célébrité ni le plaisir n'ont plus aucun attrait pour moi. Je ne m'inquiète plus que de ma future réincarnation; mais il est inutile de poser des questions à ce sujet, car personne ne saurait m'aider en cela. Vraiment, je ne puis songer qu'à une seule chose qui mérite la peine qu'on la désire. J'ai regretté toute ma vie ne pas avoir vécu dans l'Inde au temps du Bouddha Suprême et de n'avoir pu assister à la Grande Assemblée sur Gridhrakūta, la montagne sacrée. Il ne se passe pas un jour sans que j'exprime ce regret à l'heure de la prière du matin ou du soir. Ah ! mon ami, comme je serais heureux s'il m'était possible de conquérir le Temps et l'Espace comme les Bodhisattvas, afin que je puisse contempler cette assemblée merveilleuse !

– Mais, s'écria le *tengu*, voilà un pieux désir qu'il est facile de satisfaire. Je me souviens parfaitement bien de cette assemblée sur le pic des Vautours, et il est en mon pouvoir de faire apparaître devant vous tout ce qui s'y passa, dans les moindres détails. C'est notre plus grande joie de représenter de pieux spectacles de ce genre. Suivez-moi !

Et le prêtre se laissa conduire jusqu'à une clairière parmi les sapins sur les flancs de la colline.

– Maintenant, dit le *tengu*, attendez ici quelques moments, les yeux fermés. Ne les rouvrez que lorsque vous entendrez la voix du Bouddha, prêchant la Loi. Alors vous pourrez regarder. Mais lorsque vous verrez l'apparence du Bouddha, il ne faut pas permettre à vos pieux sentiments de vous influencer en aucune façon. N'esquissez pas le moindre geste de vénération, sans quoi il m'arrivera malheur.

Le prêtre promit volontiers de se soumettre à ces conditions et le *tengu* disparut, comme pour préparer le spectacle.

La journée s'étira et s'éteignit, et l'obscurité tomba. Mais le vieux prêtre attendait toujours patiemment sous un arbre. Enfin il perçut une voix, au-dessus de lui – une voix merveilleuse, profonde et claire comme le tintement d'une cloche puissante – la voix du Bouddha Sakyamuni proclamant le Chemin Parfait. Alors le prêtre ouvrit les yeux et fut ébloui par une grande irradiation : il s'aperçut que tout le décor était changé : il se trouvait bien sur le pic des Vautours, Grindhrakûta, la Montagne Sacrée de l'Inde ; et l'époque était celle du sûtra du Lotus de la Bonne Loi. Il n'était plus entouré de sapins, mais d'étranges arbres brillants faits des Sept Substances Précieuses, dont le feuillage et les fruits étaient des joyaux. Et le sol était couvert de fleurs de mandarāva et de manjūchaka tombées du ciel ; et la nuit était toute remplie de parfum et de splendeur, et de la douceur de la grande voix. Et, brillant comme la lune au-dessus du monde, le prêtre aperçut dans le ciel l'Être béni assis sur le Trône des Lions, ayant Samantabhadra sur sa droite et Manjusrï sur sa gauche. Et devant lui, à l'infini dans l'Espace, tel un flot d'étoiles, étaient assemblées les légions des mahāsattvas et des bodhisattvas avec leurs suivants innombrables – « dieux, démons, nagas, lutins, hommes et créatures qui n'étaient pas humaines ». Il vit Sāriputra et Kasyapa, et Ananda avec tous les disciples du Tathāgata – et les rois des Devas – et les rois des Quatre Directions, tels des piliers de feu – et les grands rois-dragons, et les gandharvas et garudas ; et les Dieux du Soleil, de la Lune et des Vents, et les myriades étincelantes du Ciel de Brahmā. Et il vit, incomparablement plus éloignés même que le cercle de gloire incommensurable formé par ceux-là, éclairés par l'unique rayon de lumière qui surgissait du front

見立十二支の内
酉　綱五郎
一勇斎
彫巳の

de l'Être béni pour percer au-delà du Temps le plus reculé, les dix-huit cent mille Champs de Bouddha du Quartier oriental, et les créatures de chacun des États d'Existence, et même les formes des bouddhas maintenant éteints qui étaient entrés dans le nirvâna. Et il les vit, ainsi que tous les dieux et tous les démons, se prosterner devant le Trône des Lions, et il entendit cette multitude incalculable d'êtres louer le sûtra du Lotus de la Bonne Loi. Et on eût dit le rugissement d'une mer déferlant devant le Seigneur. Alors, oubliant complètement son serment, et rêvant qu'il se tenait dans la présence véritable du Bouddha, le vieux prêtre se prosterna pour l'adorer à son tour en versant des larmes d'amour, et en proférant des actions de grâces, et en criant à haute voix : «Ô toi, Être béni!...»

Instantanément le sol oscilla et tout le spectacle fantastique disparut comme dans un tremblement de terre. Le prêtre se retrouva seul dans l'obscurité, agenouillé dans l'herbe sur le flanc d'une colline. Alors il éprouva une tristesse inexprimable d'avoir perdu la vision par la faute de cette inconscience qui lui avait fait oublier son serment. Et tandis qu'il retraçait tristement ses pas dans la direction du temple, le moine fantôme apparut de nouveau devant lui, et lui dit sur des tons remplis de reproche et de douleur : «Parce que vous n'avez pas observé le serment que vous m'aviez fait, et parce que vous avez permis à vos sentiments de vous dominer, le *Gohōtendo* qui est le Gardien de la Doctrine s'est abattu soudainement sur nous du haut du ciel et nous a frappés dans son courroux en criant : "Comment avez-vous trompé ainsi ce saint homme?" Alors tous les autres moines que j'avais réunis s'enfuirent terrifiés. Mais quant à moi, une de mes ailes est brisée, de sorte que je ne puis plus voler...» Et en prononçant ces paroles, le *tengu* disparut pour toujours.

和漢百物語
藤原仲成卿
伊賀局
一魁斎芳年画

冨士三十六景
東都目黒夕日か岡

La Légende du village des joueurs de koto

(The Story of Itō Norisuké)

Dans la ville d'Uji, dans la province de Yamashiro, vivait, il y a environ six cents ans, un jeune samouraï nommé Itō Norisuké, dont les ancêtres avaient appartenu au clan de Heiké. C'était un beau garçon, de caractère aimable; il était étudiant, et adroit aux armes. Mais sa famille était pauvre; il n'avait point de patron dans la noblesse militaire, aussi son avenir était-il incertain. Il vivait cependant avec tranquillité, se consacrant à l'étude des lettres, et n'ayant, comme dit le conteur japonais, « que la lune et le vent pour amis ».

Un soir d'automne, Itō Norisuké faisait une promenade solitaire dans les environs de la Colline des joueurs de koto. Il vint à passer une jeune fille qui suivait le même chemin. Elle était richement vêtue, et paraissait âgée de onze ou douze ans. Itō Norisuké s'approcha d'elle et lui dit :

– Bientôt le soleil sera couché, fillette, et ceci est un endroit bien solitaire. Puis-je savoir si vous vous êtes égarée ?

Elle le regarda avec un gai sourire, et lui répondit avec humilité :

– Non ! Je suis une suivante de maison auguste, et je suis en service dans le voisinage. Je n'ai plus qu'un bout de chemin à faire.

Alors Itō Norisuké comprit que cette jeune fille était sans doute au service de personnes de haut rang. Et ceci le surprit, car il n'avait jamais entendu dire qu'aucune famille distinguée habitât dans le voisinage.

Mais il dit seulement :

– Je retourne à Uji, où se trouve ma demeure. Vous me permettrez peut-être de vous accompagner le long du chemin, car ces parages sont bien déserts.

Elle le remercia gracieusement et parut contente de cette offre.

Et ils reprirent leur route, tout en bavardant. Elle lui parla du temps, des fleurs, des papillons et des oiseaux ; elle lui raconta une visite qu'elle avait faite jadis à Uji, et lui décrivit les aspects célèbres de la capitale où elle était née. Et le temps passait agréablement pour Itō Norisuké, qui écoutait ce gai babillage.

Enfin, à un tournant de la route, ils pénétrèrent dans un hameau, où régnait l'ombre épaisse d'un bosquet de jeunes arbres. Il faisait très sombre dans ce village[1].

1. Si on ne les a pas vus, on ne peut s'imaginer combien obscurs sont certains villages japonais, même par le temps le plus chaud et le plus clair. Dans le voisinage de Tōkyō, il y a beaucoup de villages de ce genre. À peu de distance d'un de ces hameaux on ne voit pas de maison ; rien n'est visible, sauf une épaisse frondaison d'arbres toujours verts ; le bosquet, généralement composé de jeunes cèdres et de bambous, sert à abriter le village contre les orages, et fournit aussi du bois. Les arbres sont plantés si près les uns des autres qu'on ne peut passer entre leurs troncs. Ils se dressent droits comme des mâts, et mêlent leurs faîtes de façon à former un toit qui exclut le soleil. Chaque chaumière dans la plantation occupe une clairière et les arbres forment une haie tout autour, deux fois haute comme la maison. Sous les arbres, le crépuscule règne toujours, même en plein midi. Et les maisons, matin ou soir, sont nichées dans l'ombre. Ce qui fait que la première impression que vous produit un de ces villages est presque de l'inquiétude, ce n'est pas la pénombre transparente qui possède un charme bien particulier – c'est le silence. Il y a peut-être

Le soleil s'était couché et, sous les arbres, il ne faisait même pas de crépuscule.

– Maintenant, seigneur, dit l'enfant, en désignant un étroit sentier qui débouchait sur la grande route, il me faut aller de ce côté.

– Alors, permettez-moi de vous reconduire jusqu'à votre demeure, dit le jeune homme.

Et il s'engagea dans le sentier en tâtonnant, tellement il y faisait sombre. Mais la suivante s'arrêta devant une petite barrière, à peine visible dans l'obscurité, une petite barrière en treillage, au-delà de laquelle on apercevait les lumières d'une maison.

– Voici, dit-elle, l'honorable demeure dans laquelle je sers. Puisque vous vous êtes tellement dérangé pour moi, bon seigneur, ne daignerez-vous pas entrer et vous reposer un peu ?

Le samouraï accepta, charmé par la simplicité de l'invitation. Et puis, il était curieux de connaître les personnes de haut rang qui avaient choisi, comme demeure, un village aussi abandonné. Il n'ignorait pas que parfois de nobles familles se retiraient ainsi de la vie pour avoir encouru la colère du gouvernement dans

---

cinquante ou cent demeures. Mais vous n'y verrez pas âme qui vive, vous n'entendrez que le piaillement d'oiseaux invisibles, le chant du coq et le trille des cigales. Mais même les cigales trouvent ces bosquets trop sombres, et chantent faiblement. Ce sont des amantes du soleil, et elles préfèrent les arbres situés au dehors du village. Parfois vous entendrez le bruit d'une navette invisible : *chaka-kon, chaka-kon!* Mais ce bruit familier dans ce grand silence vert paraît presque surnaturel. La raison de cette tranquillité, c'est que les villageois sont absents. Tous les adultes, sauf quelques faibles vieillards, sont aux champs ; les femmes y portent leurs bébés sur le dos, et la plupart des enfants sont à l'école la plus proche, à un kilomètre de distance. En vérité, dans ces obscurs villages, où tout se tait, on semble entrevoir la perpétuation mystérieuse de conditions décrites dans les textes de Confucius :

« *Les anciens qui avaient la nourriture du monde ne désiraient rien, et le monde avait assez ; ils ne faisaient rien et tout était transformé : leur silence était celui des abîmes et les gens étaient tous paisibles.* »

des troubles politiques. Et il supposait qu'il allait sans doute se trouver en présence de tels exilés volontaires.

Il franchit la grille que sa jeune compagne ouvrit pour lui. Il se trouva dans un jardin étrange. On y distinguait vaguement un paysage en miniature, où serpentait un ruisseau.

– Daignez attendre un petit instant, dit l'enfant. Je vais annoncer votre honorable arrivée.

Et elle se hâta vers la maison. C'était une habitation assez vaste, d'apparence très ancienne, et construite, en effet, à la mode du temps passé. Les portes à coulisses étaient ouvertes, mais l'intérieur, quoique illuminé, était dissimulé par un superbe rideau de bambou, tendu le long de la galerie. Derrière ce rideau remuaient des ombres de femmes. Tout à coup les notes d'un koto s'égrenèrent dans la nuit. La musique était si légère et si douce que le samouraï pouvait à peine en croire ses sens. Et tout en écoutant, il fut envahi par une joie langoureuse, joie étrangement mêlée à de la tristesse. Il se demandait comment il était possible à une femme de jouer de telle façon... Était-ce même une femme qui jouait ? Cette musique était-elle terrestre ? Il ne savait, car au son de cette mélodie un enchantement semblait s'être infiltré dans son cœur.

Puis la douce musique se tut. Et, au même instant, Itō Norisuké revit la petite suivante à ses côtés.

– Seigneur, lui dit-elle, on vous demande de bien vouloir entrer.

Elle le conduisit alors à la porte, où il déposa ses sandales. Une femme âgée, qu'il devina être la *rojō*, ou matrone de la maison, l'accueillit sur le seuil. Elle le mena à travers d'innombrables appartements jusqu'à une grande pièce bien éclairée. Puis avec maintes

三十六佳撰
琴あそび
弘化頃名古屋婦人

salutations respectueuses elle le supplia de prendre la place d'honneur réservée aux hôtes distingués.

Itō Norisuké fut surpris par la majesté de la salle et par la beauté imprévue des décorations. Bientôt une des servantes apporta des rafraîchissements. Et il remarqua que les coupes et les autres vaisseaux étaient d'un travail rare et riche, et ornés d'un dessin qui marquait le haut rang de leurs possesseurs.

Le samouraï sentait croître sa curiosité. Quel noble personnage avait choisi cette retraite solitaire, et quel événement avait inspiré à cet inconnu le désir d'un tel isolement ? Mais la vieille femme interrompit tout à coup ses réflexions.

Elle lui dit :

– Est-ce que je me trompe en supposant que vous êtes Itō Norisuké, de la ville d'Uji ?

Il acquiesça en s'inclinant. Il n'avait pas dit son nom à la petite suivante et la façon dont la vieille femme l'interrogea le fit tressaillir.

– Ne croyez pas, je vous prie, ma question indiscrète, continua la matrone. Une vieille femme comme moi peut se permettre de poser des questions, sans pour cela être indiscrète ni curieuse. Lorsque vous êtes arrivé à la maison, j'ai cru vous reconnaître. Je ne vous ai demandé votre nom que pour dissiper mes doutes avant de vous parler d'autre chose. J'ai en effet quelque chose d'important à vous dire. Vous traversez souvent ce village, et notre maîtresse, Himégimi Sama[2], vous a aperçu un matin. Depuis cet instant elle songe à vous nuit et jour. Elle a même tant songé à vous qu'elle est tombée malade ; nous avons été très inquiets à son sujet. C'est pour cela que j'ai pris la peine de demander

2. Titre honorifique composé de *himié*, princesse, et *kimi*, souveraine, maîtresse, seigneur.

votre nom et votre demeure. Et j'allais vous envoyer une lettre, quand vous vous êtes présenté à la grille accompagné de la petite servante. Je ne puis vous dire comme je suis contente de vous voir. Cela me paraît une coïncidence presque trop heureuse pour être vraie. Je crois vraiment que cette rencontre a été combinée grâce au dieu des Fiançailles[3], qui noue les nœuds des unions fortunées. Et maintenant qu'une si heureuse chance vous a mené ici, vous ne refuserez peut-être pas, s'il n'y a nul obstacle à pareille union, de rendre heureux le cœur de notre Himégimi Sama.

Itō Norisuké ne sut pas tout d'abord que répondre. Si la vieille femme lui avait dit la vérité, c'était une occasion extraordinaire qui s'offrait à lui. Seule une grande passion pouvait mener la fille d'une noble lignée à rechercher de sa propre volonté l'affection d'un samouraï inconnu et sans maître, qui ne possédait nulle fortune et qui n'avait point d'avenir. D'un autre côté ce n'était pas dans l'honnête nature du jeune homme d'avancer ses propres affaires en tirant profit d'une faiblesse féminine. Et puis toutes les circonstances de cette aventure étaient mystérieuses et inquiétantes. Pourtant, comment refuser la proposition imprévue ? Tout cela le troublait infiniment.

Après un court silence il répondit :

– Il n'y a nul obstacle, car je n'ai ni femme, ni fiancée, ni liaison avec aucune femme. Jusqu'à présent j'ai vécu avec mes parents et ils n'ont jamais parlé de me marier. Vous n'ignorez pas que je suis un pauvre samouraï, et que je n'ai pas de patron parmi les personnages de haut rang. Je ne voulais pas me marier avant d'avoir amélioré ma situation. Quant à la proposition que vous m'avez

3. Emmushi-no-Kami, le grand dieu d'Izuma.

fait le grand honneur de me transmettre, je répondrai seulement que je me sais fort indigne de l'attention d'une noble jeune fille.

La vieille femme sourit comme si ces paroles ne lui déplaisaient point, et elle dit :

– Il vaut mieux ne pas vous décider avant d'avoir vu notre maîtresse. Vous n'hésiterez peut-être plus après l'avoir vue. Daignez me suivre pour que je vous présente à elle.

Elle le conduisit dans une autre grande salle de réception où l'on avait fait les préparatifs d'une fête, et lui ayant désigné la place d'honneur, elle le quitta pour un instant. Elle revint presque aussitôt, accompagnée de Himégimi Sama, et en apercevant la jeune maîtresse de céans, Itō Norisuké ressentit de nouveau l'étrange frisson d'étonnement et de joie qu'il avait éprouvé dans le jardin en écoutant la musique du koto. Il n'avait jamais rêvé d'une femme aussi belle... Sa présence semblait irradier de la lumière, une lumière qui filtrait à travers ses robes comme la clarté de la lune à travers des nuages floconneux. Ses cheveux défaits et flottants ondulaient lorsqu'elle se mouvait, ainsi que les branches du saule pleureur agitées par les brises printanières. Ses lèvres étaient pareilles aux fleurs du pêcher, humides de la rosée du matin. Itō Norisuké fut ravi comme par une vision. Il se demanda s'il ne contemplait pas en personne la Vierge Tisseuse qui demeure près de la Rivière Scintillante du Ciel.

La vieille femme se tourna en souriant vers la gracieuse jeune fille, qui demeurait silencieuse et rougissante, les yeux baissés. Et elle lui dit :

– Vois, mon enfant ! C'est au moment même où nous espérions le moins pareille chose, que celui que tu désirais rencontrer se présente à toi, de son propre gré. Seule la volonté des dieux les plus puissants a pu provoquer un aussi heureux événement. Et d'y penser simplement me fait pleurer de joie.

Et elle se mit à sangloter.

– Mais, reprit-elle en essuyant ses larmes avec sa manche, il ne tient plus qu'à vous, à moins que l'un de vous deux refuse, ce dont je doute fort, d'échanger vos serments, et de prendre part à votre repas de noces.

Itō Norisuké ne répondit rien. L'incomparable vision le rendait muet et le privait de toute volonté. Des servantes entrèrent, portant des plats et des vins. Le repas de noces fut dressé devant les jeunes gens, qui se firent leurs serments. Pourtant Itō Norisuké était comme en extase. Le merveilleux de l'aventure, la beauté de la mariée le ravissaient toujours. Une joie qu'il n'avait encore jamais éprouvée emplit son cœur, comme un grand silence, mais, petit à petit, il reprit son calme accoutumé et put parler sans embarras. Il but copieusement, il osa même parler, modestement, mais très gaiement, des doutes et des craintes qui l'avaient opprimé. Et pendant tout ce temps, la mariée demeurait immobile comme le clair de lune, elle ne levait pas les yeux, et lorsque Itō Norisuké lui parlait, elle lui répondait par un sourire ou par une rougeur subite.

Le samouraï dit enfin à la vieille servante :

– Bien des fois, dans mes promenades solitaires, j'ai traversé ce village sans soupçonner l'existence de cette demeure honorable. Depuis que j'y suis entré, je me demande pourquoi les nobles habitants de céans ont choisi un séjour aussi isolé... Maintenant que votre princesse et moi avons échangé nos serments, il me semble étrange que je ne connaisse pas encore le nom de son auguste famille.

À ces mots, une ombre passa sur le visage de la vieille femme. Et la mariée, qui avait à peine parlé jusqu'à présent, pâlit tout à coup et parut en proie à une vive inquiétude. Après quelques instants de silence, la vieille matrone répondit :

– Il serait difficile de vous cacher notre secret plus longtemps. Et j'estime qu'en tout cas, maintenant que vous êtes un des nôtres, il faut vous mettre au courant. Apprenez donc, Seigneur, que votre épouse est la fille de Shigéhira Kyō, le grand et malheureux général.

À ces mots, le jeune samouraï sentit un frisson glacer toutes ses veines. Shigéhira Kyō, le célèbre guerrier et homme d'État du clan de Heiké, était tombé en poussière depuis bien des siècles. Et Itō Norisuké comprit tout à coup que tout ce qui l'entourait, la salle, les lumières et le banquet, était un rêve du passé. Et les formes devant lui n'étaient pas celles d'êtres vivants, mais les ombres de personnes mortes depuis très longtemps. Mais presque aussitôt le frisson glacé passa. Autour de lui le charme revint et sembla augmenter, et il ne ressentit aucune crainte. Quoique son épouse fût venue vers lui hors du Yomi, hors du Monde des esprits des morts, son cœur était tout à fait conquis. Celui qui épouse un fantôme deviendra lui-même fantôme. Et Norisuké se sentait prêt à mourir non pas une fois, mais plusieurs fois, plutôt que de trahir, par une parole ou un regard, une pensée qui pût jeter une ombre de douleur sur le front de la belle illusion qui se tenait devant lui. Il ne doutait pas de l'amour qu'on lui offrait, on lui avait dit la vérité, alors que toute intention mauvaise eût été mieux servie par le mensonge. Mais les pensées et les émotions passèrent devant lui comme un éclair, le laissant résolu à accepter l'étrange situation telle qu'elle s'était présentée à lui, et

新形三十六怪撰
地獄太夫悟道の図

d'agir comme il l'eût fait s'il eût été choisi, autrefois, par la fille de Shigéhira Kyō.

– Ah ! La pitié de cela ! s'écria-t-il. J'ai entendu parler du sort cruel de Shigéhira Kyō.

– Oui, répondit la vieille femme, à travers ses sanglots. Ce fut en effet un sort cruel. Son cheval fut tué sous lui par une flèche et tomba, l'entraînant dans sa chute. Notre seigneur appela au secours. Mais ceux qui avaient vécu de sa générosité le désertèrent à l'heure du danger. Il fut fait prisonnier et envoyé à Kamakura, où on le traita d'une façon indigne, pour le mettre enfin à mort. Sa femme et son enfant, cette chère fillette ici présente, étaient alors cachées. Car partout les membres du clan de Heiké étaient traqués et tués. Lorsque la nouvelle de la mort de Shigéhira Kyō nous parvint, le chagrin fut trop intense, la mère ne put le supporter. Et l'enfant fut laissée à mes soins, sans personne d'autre pour la chérir, puisque tous ses parents étaient morts ou avaient disparu.

Elle n'avait que cinq ans. J'avais été sa nourrice, et je fis tout ce que je pus pour elle. Nous errâmes, année après année, d'un endroit à l'autre, vêtues de robes de pèlerines... Mais ces tristes souvenirs sont déplacés, s'écria tout à coup la *rojō* en essuyant ses larmes. Pardonnez le cœur imbécile d'une femme très âgée, qui ne peut oublier le passé. Voyez ! la petite fille que j'ai élevée est maintenant devenue une princesse impériale, en vérité. Et si nous vivions au bon temps de l'empereur Takakura, quelle destinée ne lui serait pas réservée ! Enfin, elle a le mari qu'elle désirait, c'est le plus grand des bonheurs... Mais il se fait tard. La chambre nuptiale a été préparée et je vais vous laisser vous aimer jusqu'à l'aube.

Elle se leva, et écartant les écrans qui séparaient la salle de réception de la pièce voisine, elle les fit entrer dans leur chambre. Puis, avec des paroles de joie et de félicitations, elle se retira, et le jeune homme fut laissé seul avec sa femme.

Comme ils reposaient ensemble, Itō Norisuké demanda :

– Dis-moi, mon aimée, quand me désiras-tu pour la première fois pour mari ?

Car tout semblait si réel qu'il ne pensait presque plus à toute l'illusion tissée autour de lui.

Elle répondit, d'une voix pareille au roucoulement de la colombe :

– Mon auguste seigneur et mari, je te vis pour la première fois au temple de Isiyama, le temple de la Montagne de Pierre où je me rendis avec ma mère d'adoption. Et parce que je te vis, le monde me parut tout transformé à partir de cette heure et de ce moment. Mais tu ne t'en souviens pas, car notre première rencontre n'a pas eu lieu dans ta vie présente, mais il y a très, très longtemps. Depuis, tu as passé par beaucoup de morts et de naissances, et tu as été incarné dans beaucoup de corps ! Mais moi, je suis toujours demeurée telle que tu me vois maintenant. Je ne pouvais obtenir d'autre corps, ni revivre dans aucun autre état d'existence, à cause du grand désir que je ressentais pour toi. Mon cher seigneur et mari, je t'ai attendu à travers d'innombrables siècles.

Et le mari entendit ces étranges paroles sans s'étonner et sans craindre. Il ne désirait rien d'autre dans cette vie, ni dans toutes les vies à venir, que d'être étreint par les bras de sa femme et d'entendre la caresse de sa voix.

Mais le tintement de la cloche d'un temple voisin annonça la venue de l'aube. Les oiseaux se mirent à piailler, la brise du matin fit murmurer tous les arbres. Soudain la vieille nourrice repoussa les écrans à coulisse de la chambre nuptiale et s'écria :

– Mes enfants, l'heure est venue où il faut vous séparer. Il ne faut pas que vous soyez ensemble pendant le jour, ne fût-ce qu'un instant ! Cela vous serait fatal. Il faut vous dire adieu.

Sans mot dire, Itō Norisuké se prépara à partir. Il comprenait vaguement l'avertissement donné, et il se résignait absolument au destin. Sa volonté ne lui appartenait plus. Il voulait seulement plaire à son épouse fantôme.

Elle lui remit une petite pierre à encre, sculptée d'une façon curieuse, et elle lui dit :

– Mon jeune seigneur et mari est un savant. Il ne dédaignera peut-être pas ce petit cadeau, qui est façonné étrangement parce que très ancien, ayant été donné à mon père par la faveur de l'Empereur Takakura. C'est pour cette raison seulement que je l'estimais précieux !

En échange, Itō Norisuké l'implora d'accepter comme souvenir les *kogai*[4] de son épée, décorés d'incrustations d'argent et d'or, et figurant des rossignols et des fleurs de pruniers, symboles du bonheur. Alors la petite suivante vint le guider à travers le jardin, tandis que son épouse et la nourrice l'accompagnaient jusqu'au seuil de la demeure.

Comme il se retournait au bas des marches, pour faire un dernier salut, la vieille femme lui dit :

– Nous nous reverrons la prochaine Année du Sanglier, à la même heure du même jour du même mois où vous êtes venu ici. Comme nous sommes en l'Année du

4. C'est ainsi qu'était désignée une paire de baguettes de métal attachées au fourreau de l'épée et employées pour manger le riz. Elles étaient parfois décorées d'une façon exquise.

月百姿
芳年

Tigre, vous aurez à attendre dix ans. Mais pour certaines raisons que je ne puis vous dire, il nous sera impossible de nous retrouver ici. Nous allons nous rendre aux environs de Kyōto, où habitent le bon empereur Takakura, nos pères et beaucoup des nôtres. Tous les partisans du clan de Heiké se réjouiront de votre venue. Et le jour marqué, nous enverrons un *kago*, un palanquin, vous chercher.

Les étoiles scintillaient au-dessus du village lorsque Itō Norisuké franchit la grille d'entrée. Mais, parvenu à la route ouverte, il vit l'aube qui se levait au-delà des lieues de champs silencieux. Il portait le cadeau de sa femme sur son sein. Le charme de sa voix s'attardait à ses oreilles, et pourtant si ce n'avait été pour la pierre à encre qu'il touchait de ses doigts étonnés, il eût cru volontiers que les souvenirs de la nuit n'étaient que ceux du sommeil et que sa vie lui appartenait encore.

Pourtant la certitude qu'il s'était condamné n'évoqua aucun regret. Il n'était troublé que par la douleur de la séparation, et par la pensée de toutes les saisons qui devraient s'écouler avant que l'illusion se renouvelât pour lui. Dix ans ! Et combien longues lui paraîtraient toutes les journées de ces années ! Il n'espérait pas pénétrer les mystérieuses raisons de ce délai. Les actions secrètes des morts ne sont connues que des dieux seuls.

Souvent, dans ses promenades solitaires, Ito Norisuké visita de nouveau le village des joueurs de koto, espérant vaguement entrevoir un instant le passé. Mais plus jamais, ni la nuit, ni le jour, il ne retrouva la grille antique dans l'allée pleine d'ombre. Plus jamais il n'aperçut la silhouette de la petite suivante cheminant seule dans le coucher du soleil.

Les villageois qu'il interrogea le crurent ensorcelé. Aucun personnage de haut rang, affirmèrent-ils, n'avait jamais demeuré dans ce hameau. Et il n'y avait jamais eu dans le voisinage de jardin pareil à celui qu'il décrivait. Mais, près de l'endroit que désignait Itō Norisuké, s'était élevé jadis un grand temple bouddhiste et l'on voyait encore quelques-unes des tombes du cimetière de ce temple. Itō Norisuké les découvrit au milieu d'un épais bosquet. Elles étaient de l'ancienne forme chinoise, et couvertes de mousse et de lichens. Et les caractères qui y étaient gravés étaient indéchiffrables.

Il ne parla à personne de son aventure. Mais bientôt ses parents et ses amis aperçurent un grand changement dans sa personne et sa manière d'être. Chaque jour, il devenait plus pâle et plus maigre, bien que les médecins affirmassent qu'il n'avait aucun mal physique. Il avait l'air d'un fantôme, il marchait comme une ombre. Il avait toujours été pensif et solitaire, mais maintenant il semblait indifférent à tout ce qui lui avait donné du plaisir autrefois, même à ses études littéraires, grâce auxquelles il pouvait espérer se distinguer. Et il dit à sa mère, qui avait cru que le mariage raviverait ses ambitions d'autrefois et réveillerait son intérêt dans la vie, qu'il avait fait le vœu de ne jamais épouser de femme vivante...

Et les mois s'écoulaient lentement.

Enfin l'Année du Sanglier arriva : à la saison automnale, Itō Norisuké ne pouvait plus faire les promenades solitaires qu'il aimait tant. Il ne pouvait même plus se lever de sa couche. Sa vie s'enfuyait et personne n'en devinait la raison. Et il dormait si profondément et si longtemps que l'on prenait son sommeil pour la mort.

Un jour, il fut éveillé en sursaut d'un de ses sommeils par une voix d'enfant. Et il vit à son chevet la petite servante, qui l'avait guidé dix ans plus tôt jusqu'à la grille du jardin disparu.

Elle le salua, lui sourit et lui dit :

– Je suis priée de vous dire que vous serez reçu ce soir à Ohara, le village de la Grande Plaine, près de Kyōto, où se trouve la nouvelle résidence, et l'on a envoyé un palanquin vous chercher.

Puis elle disparut.

Itō Norisuké comprit qu'on le rappelait loin de la lumière du soleil. Pourtant, le message lui causa une joie telle qu'il eut la force de se soulever et d'appeler sa mère. Et il lui raconta alors pour la première fois l'histoire de son mariage et il lui montra la pierre à encre qu'on lui avait donnée. Il demanda qu'elle fût placée dans son cercueil, et il mourut.

On enterra la pierre à encre avec lui. Mais avant les cérémonies des funérailles, des experts l'examinèrent. Et ils déclarèrent qu'elle datait de l'ère de Jōan (1171-1175 après J.-C.) et qu'elle portait la marque du sceau d'un artiste qui vivait sous le règne de l'Empereur Takakura.

於岩ぼうこん
一勇齋國芳画

東海道
五十三對
日坂
一勇斎國芳
伊場仙板

Le Samouraï qui fit ouvrir les portes de la naissance

(The Story of Umetsu-Chubei)

Umetsu Chubei était un jeune samouraï doué d'une grande force et d'un grand courage. Il était au service du seigneur Tomura Jūdayō dont le château se dressait sur une colline élevée aux environs de Yokoté, dans la province de Dewa. Les demeures des suivants du seigneur formaient une petite ville à la base de la colline.

Umetsu était un de ceux choisis pour être de garde la nuit aux grilles du château. Il y avait deux veillées par nuit; l'une commençait au coucher du soleil et se terminait à minuit. L'autre commençait à minuit et se terminait à l'aurore.

Or, pendant que Umetsu faisait partie de la deuxième relève, il eut une aventure étrange. Comme il remontait la colline à minuit pour prendre sa garde, il aperçut une femme qui se tenait au dernier tournant de la route sinueuse menant au château. Elle semblait porter un enfant dans ses bras et paraissait attendre quelqu'un. Seules les circonstances les plus extraordinaires pouvaient expliquer la présence d'une femme dans cet endroit désert à une heure aussi tardive. Et Umetsu se souvint que les lutins avaient la coutume d'assumer des formes féminines, une fois la nuit tombée, afin de tromper et de détruire les hommes. Il éprouva donc des doutes que la femme devant lui fût vraiment un être humain. Et lorsqu'il la vit se hâter vers lui, comme si elle voulait lui parler, il était bien résolu à la croiser sans mot dire. Mais il fut trop surpris pour le faire lorsqu'il entendit la femme l'appeler par son nom, en disant d'une voix très douce :

– Bon seigneur Umetsu, je suis ce soir dans le plus cruel embarras, et j'ai à accomplir le plus pénible des devoirs. Ne voulez-vous pas m'aider en tenant l'enfant un instant ?

Et elle tendit l'enfant vers lui.

Umetsu ne reconnut pas la femme, qui paraissait très jeune. Il se méfia du charme de la voix étrangère, et il soupçonna un piège surnaturel. Mais il était d'un naturel fort bon, et il sentit qu'il serait indigne d'un homme de réprimer une impulsion bienveillante par crainte des lutins. Il prit donc l'enfant sans répondre.

– Veuillez le tenir jusqu'à mon retour. Je reviendrai d'ici très peu de temps, dit-elle.

– Je le tiendrai, dit-il.

Immédiatement la femme se détourna de lui, et elle descendit la colline en bondissant avec tant de légèreté et de vivacité qu'il ne put presque pas en croire ses yeux.

Alors Umetsu regarda l'enfant pour la première fois. Il était fort petit et semblait un nouveau-né. Il était immobile entre ses mains et ne criait pas du tout.

Tout à coup, il parut grandir. Umetsu le regarda de nouveau. Non. C'était toujours le même petit être ; il n'avait même pas bougé. Pourquoi donc avait-il imaginé que l'enfant grandissait ? Il en comprit la raison l'instant d'après, et un frisson le parcourut.

L'enfant ne devenait pas plus grand, mais il *devenait plus lourd* ! Au début, il n'avait semblé peser que sept à huit livres ; puis son poids avait peu à peu doublé, triplé, quadruplé. Déjà il ne devait pas peser moins de cinquante livres, et il continuait à devenir de plus en plus lourd. Cent livres ! Cent cinquante ! Deux cents !

Umetsu comprit qu'il avait été trompé – qu'il n'avait point parlé à une femme mortelle – que l'enfant n'était point humain. Mais il avait fait une promesse, et un samouraï était lié par sa parole. Il conserva donc l'enfant dans ses bras et celui-ci continua à s'alourdir de plus en plus. Deux cent cinquante livres ! Trois cents ! Quatre cents ! Umetsu ne pouvait s'imaginer ce qui allait arriver, mais il résolut de ne pas avoir peur et de ne pas lâcher l'enfant tant que sa force résisterait... Cinq cents livres ! Cinq cent cinquante ! Six cents ! Tous ses muscles commencèrent à frémir sous la tension ; et pourtant le poids augmentait toujours.

– *Namu Amida Butsu ! Namu Amida Butsu !* soupira-t-il. *Namu Amida Butsu !*

Et, à l'instant même où il prononçait la sainte invocation pour la troisième fois, le poids s'allégea comme avec un choc ; et il demeura stupéfait, les mains vides, car l'enfant avait mystérieusement disparu. Mais, au même moment, il vit la femme qui revenait presque aussi vite qu'elle était partie. Elle s'approcha de lui encore toute haletante, et alors il vit pour la première fois qu'elle était très belle ; mais son front était inondé de sueur et ses manches étaient retroussées et attachées en arrière par des cordes de *tasuki*, comme si elle venait de se livrer à un travail très pénible.

– Bon seigneur Umetsu, dit-elle, vous ne pouvez vous douter du grand service que vous venez de me rendre. Je suis l'*ujigami*[1] de cet endroit, et ce soir une de mes *ujiko* fut prise par les douleurs de l'accouchement et me supplia de l'aider. Mais l'accouchement fut très laborieux, et je vis vite que je ne pourrais la sauver par ma seule puissance. C'est pourquoi j'ai fait appel à votre force et à votre courage. L'enfant que je vous remis entre les mains était l'enfant qui n'était pas encore né. Et au moment où vous sentîtes l'enfant s'alourdir pour la première fois le danger devint très grand, car les Portes de la Naissance étaient fermées. Et lorsque vous avez senti l'enfant devenir si lourd que vous avez désespéré pouvoir supporter son poids beaucoup plus longtemps, à ce moment même la mère paraissait morte et la famille pleurait sur elle. Puis vous avez répété trois fois la prière Namu Amida Butsu, et la troisième fois que vous l'avez prononcée, la puissance du Suprême Bouddha est venue à notre aide, et les Portes de la Naissance se sont ouvertes... Et vous serez dignement récompensé pour ce que vous avez fait. Aucun don ne peut être plus utile à un valeureux samouraï que la force. Donc une grande force vous sera conférée et non seulement à vous, mais à vos enfants et aux enfants de ceux-ci.

Et la divinité disparut avec cette promesse.

Umetsu Chubei continua sa route vers le château, tout en s'émerveillant grandement. À l'aurore, en étant relevé de sa garde, il se mit comme d'habitude à se laver le visage et les mains avant de prononcer sa prière matinale. Mais lorsqu'il tordit la serviette dont il venait

1. *Ujigami*, titre donné à la déité shinto titulaire d'une paroisse ou d'une région. Toute personne vivant dans cette paroisse ou région et qui participe au maintien du temple, ou *miya* de la divinité, est appelée *ujiko*.

de se servir, il fut surpris de sentir l'étoffe grossière se rompre dans ses mains. Il essaya de joindre les portions séparées, et de nouveau l'étoffe se déchira comme du papier mouillé. Il essaya de tordre quatre épaisseurs et le résultat fut le même. Bientôt, après avoir manié divers objets en bronze et en fer, qui cédèrent comme de l'argile à son toucher, il comprit qu'il possédait pleinement la grande force qui lui avait été promise et que dorénavant il lui faudrait faire bien attention lorsqu'il toucherait quoi que ce soit afin de ne pas le broyer dans ses doigts.

En rentrant chez lui, il s'enquit pour savoir si un enfant était né pendant la nuit dans le village. Alors il apprit qu'une naissance avait bien eu lieu à l'heure même de son aventure, en des circonstances identiques à celles que lui avait racontées *l'ujigami*.

Les enfants d'Umetsu Chubei héritèrent la force de leur père. Et plusieurs de ses descendants, tous des hommes remarquablement forts, vivaient encore dans la province de Dewa lorsque cette histoire fut écrite.

名所江戸百景
真間の紅葉
手古那の社
継はし
廣重画

La Ville qui ne connaît pas la mort et la douleur

(Horai)

Vision bleue de profondeur perdue en hauteur – la mer et le ciel qui se confondent en une brume lumineuse... C'est la matinée d'un jour de printemps.

Rien qu'une immensité azurée formée par la mer et le ciel... C'est tout. Au premier plan, des vagues scintillent de reflets argentés, et les embruns voltigent dans l'air. Plus loin nul mouvement n'est visible : on n'aperçoit que la couleur bleu obscur de l'eau qui se mêle au bleu plus clair de l'atmosphère. Il n'y a pas d'horizon : il n'y a que le lointain s'élançant vers l'infini qui se creuse en avant pour se dresser en une voûte colossale.

Mais là-bas, tout là-bas, au milieu de l'espace, on distingue vaguement, comme estompées par la distance, les hautes tours de palais, des toits pointus et courbés comme des cornes... ombres indécises de merveilles anciennes et étranges, illuminées par les rayons d'un soleil doux comme le souvenir.

Ce que je viens d'essayer de décrire ainsi est un *kakemono*, ou peinture japonaise sur soie, pendue au mur de mon alcôve. Cela s'appelle *Shinriko*, ce qui veut dire mirage... Cependant on ne peut se tromper sur les formes de ce mirage : ce sont bien là les portraits étincelants de Horai la Bienheureuse... Les toits aux miroitements argentés sont bien ceux du palais du Roi-Dragon... Et, quoique dessinés par un artiste moderne, ces contours sont pareils à ceux des demeures chinoises d'il y a deux mille et cent ans.

Voilà ce qu'on rapporte sur Horai, dans certains livres chinois du temps passé :

« Dans Horai on ne connaît ni la mort, ni la douleur : il n'y a pas d'hiver. Les fleurs ne s'y fanent point et les fruits y abondent toujours. L'homme qui en a goûté, ne fût-ce qu'une seule fois ne ressentira plus jamais ni la soif ni la faim. Dans Horai il croît des plantes enchantées : le *So-rin-Shi*, le *Riku-go-aoi* et le *Ban-Kon-To*, qui ont la propriété de guérir toutes les maladies. C'est là que pousse aussi l'herbe magique *Yo-Shin-Shi* qui fait revivre les morts. Cette herbe est arrosée d'une eau miraculeuse, qui assure la jeunesse éternelle à celui qui en a bu, ne fût-ce qu'une goutte. Les habitants d'Horai mangent leur riz en de tout petits bols qui ne se désemplissent jamais ; ils boivent leur vin en de toutes petites coupes, que nul – même pas un très grand buveur – ne peut parvenir à vider avant de perdre connaissance dans la douce inconscience de l'ivresse... »

Voilà ce qu'on raconte dans les légendes du temps de la dynastie de Shin. Cependant, il est peu probable que ceux qui écrivirent ces légendes aient jamais vu Horai, même dans un mirage... Car en Horai, il n'existe ni fruits enchantés, ni herbes magiques, ni eaux miraculeuses. La mort y est malheureusement connue et l'hiver y règne, très rigoureux... Les vents glacés y soufflent et vous pénètrent jusqu'à la moelle... Et sur les toits pointus de la demeure du Roi-Dragon, la neige s'amoncelle en gros tas floconneux !

Néanmoins, il y a en Horai des choses si merveilleuses qu'elles dépassent notre conception, mais les chroniqueurs chinois n'ont pas trouvé bon d'en parler.

L'atmosphère d'Horai est tout à fait particulière et, à cause de cela, la lumière du soleil qui y brille est bien plus blanche que celle des soleils des autres contrées... Elle est d'une blancheur laiteuse très brillante, mais en même temps si douce qu'elle n'éblouit pas les yeux. Cette atmosphère ne provient sûrement pas de notre période humaine... Elle date de temps si anciens que lorsque j'essaie de deviner quand elle fut créée, je demeure tout effrayé !... Elle n'est pas composée, comme celle qui nous entoure, d'oxygène et d'hydrogène. Elle ne pourrait même pas être dénommée « air » ! Non ! Elle est faite de fantômes – ou plutôt de la substance d'âmes de millions de générations mêlées, confondues, en une immense translucidité – âmes d'êtres dont les pensées et les idées différaient complètement des nôtres.

Le mortel qui respire cette atmosphère étrange absorbe en son sang les vibrations de ces esprits innombrables... Ils transforment peu à peu ses sens, refaçonnent ses opinions sur le Temps et sur la Forme, de sorte que leurs idées et leurs sentiments se substituent aux siens. Et ces changements surviennent imperceptiblement comme le sommeil...

Lorsqu'on parvient à discerner Horai d'une manière vague et indistincte, à travers cette transparence spectrale, on pourrait la décrire ainsi :

Comme en Horai on ignore le mal, les cœurs de ceux qui y habitent ne vieillissent point... Et, comme ils sont toujours jeunes de cœur, ces gens sourient du jour de leur naissance jusqu'à celui de leur mort – excepté lorsque les dieux envoient le chagrin les trouver. Alors ils se voilent le visage jusqu'à ce que la douleur se soit envolée. En Horai tout le monde fait, pour ainsi dire, partie de la même famille ; on s'aime et on a confiance les uns dans les autres. Le parler y est pareil au gazouillis des oiseaux, et lorsque les vierges jouent entre elles, le balancement rythmé de leurs manches ressemble au battement d'ailes grandes et douces. Rien n'y est enfermé à clef, car rien ne pourrait être dérobé : nuit et jour les portes demeurent ouvertes, car il n'y a aucune raison d'avoir peur.

Comme les habitants d'Horai sont des fées, quoique mortels, tout y est petit, étrange et bizarre... Tout, sauf le Palais du Roi-Dragon. Et les fées – hommes et femmes – mangent leur riz en des bols minuscules et boivent leur vin en des coupes toutes petites...

Beaucoup de cette apparence, ou illusion, peut être attribué à l'atmosphère fantômatique qui y règne. Car le charme exercé par les morts n'est que celui d'un Idéal, le reflet d'une ancienne espérance. Dans bien des cœurs, une partie de cette espérance a trouvé sa réalisation dans la simple beauté de vies dévouées à des fins altruistes, et dans la douceur et la suavité de la Femme...

Hélas ! De mauvais vents, venant de l'occident, soufflent sur Horai. Leurs rafales dissipent rudement l'atmosphère magique... On l'aperçoit encore, par lambeaux pareils à ces longues et brillantes traînées de nuages qui barrent les paysages des peintres japonais. Et nulle part ailleurs, sauf dans ce féerique tissu de vapeur, peut-on encore reconnaître l'Horai d'autrefois !

Rappelez-vous que Horai est aussi nommé « Shinri-ko », ce qui veut dire « mirage », la vision de l'Intangible ! Et cette vision s'efface, peu à peu, pour ne plus jamais apparaître, excepté en des paysages, en des poèmes et en des rêves !...

冨士三十六景
甲斐大月の原

新形三十六怪撰
藤原実方の執心雀となる図

Le « cerisier du seizième jour »

(Jiu-Roku-Zakura)

À Wakégori, dans la province de Iyo, il existe un cerisier très ancien, connu sous le nom de Jiu-Roku-Zakura, ou le « Cerisier du Seizième Jour ». Chaque année, il ne fleurit qu'une seule fois, le seizième jour du premier mois, suivant l'ancien calendrier lunaire... L'époque de sa floraison coïncide ainsi avec celle du Grand Froid, quoique, généralement, les arbres fruitiers attendent, pour éclore, que le printemps soit venu.

Mais le Jiu-Roku-Zakura vit d'une vie qui n'était pas originairement la sienne. Le fantôme d'un homme habite cet arbre.

L'homme en question était un samouraï de Iyo ; le cerisier croissait dans son jardin et fleurissait à l'époque ordinaire, c'est-à-dire vers la fin de mars ou le commencement d'avril... Enfant, le guerrier avait souvent joué à l'ombre de son feuillage. Depuis plus d'un siècle ses parents, aïeux et ancêtres avaient, saison après saison, suspendu à ses branches fleuries de minces lambeaux de papier de toutes les couleurs, sur lesquels étaient inscrits des poèmes de louanges.

Le samouraï devint fort âgé et survécut à tous ses enfants. Il ne lui restait plus rien à chérir... rien que le cerisier !

Hélas !... Un été, l'arbre se flétrit et mourut...

Le vieillard le pleura amèrement. De bons amis, témoins de son chagrin, lui procurèrent un jeune cerisier fort et vigoureux, espérant ainsi le consoler. Il les remercia de leur gracieuse pensée et fit semblant d'être guéri de sa douleur. Mais son cœur était plein de tristesse... Il avait si bien aimé le vieil arbre que rien ne pouvait le consoler de sa perte.

Un matin, il eut une heureuse idée : il se souvint d'un moyen grâce auquel il pourrait peut-être sauver l'arbre condamné.

Il existait une ancienne croyance selon laquelle on peut sacrifier sa vie au bénéfice d'un autre être humain, d'un animal ou même d'une plante, grâce à la faveur et à l'intervention des dieux. L'acte de substituer ainsi sa vie pour celle d'un autre être est désigné par la locution «*migawari-nitatsu*» – «agir en substitution de»...

Le seizième jour du premier mois, il se rendit seul dans son jardin. Il se prosterna devant le cerisier flétri et s'adressa à lui en ces termes :

– Daignez, je vous prie, fleurir de nouveau, ô beau cerisier, ami de ma jeunesse. Je vais mourir à votre place !

Le vieux guerrier étendit au pied de l'arbre un linge blanc et diverses couvertures sur lesquelles il s'assit. Puis il opéra le hara-kiri à la mode d'un samouraï.

Et son fantôme pénétra dans l'arbre et le fit refleurir sur l'heure même.

Chaque année, il fleurit ainsi, le seizième jour du premier mois, pendant la Saison des Neiges.

名所江戸百景
隅田川水神の森真崎

Liste des œuvres

Le mot de l'éditeur

pp. 20-21 : Utagawa Kuniyoshi (1797-1861), ***Takiyasha la sorcière et le fantôme du squelette,*** 1844. Triptyque, environ 75 × 23 cm.

L'Aveugle qui faisait pleurer les morts

p. 22 : Toyohara Chikanobu (1838–1912), ***Les feux du renard (Kitsunebi)***, 1898. Estampe *ukiyo-e*. Gravure sur bois. Impression en couleur sur papier (*nishiki-e*). Triptyque. Panneaux de 37,1 × 25,2 cm chacun (format *ōban tate-e*). Panneau de gauche. The Metropolitan Museum of Art, New York. Friends of Asian Art Gifts, 2005.

pp. 28-29 : Utagawa Kuniyoshi (1797–1861), ***La vengeance des fantômes des guerriers Taira,*** 1843-1847. Estampe *ukiyo-e*. Gravure sur bois. Impression en couleur sur papier (*nishiki-e*). Triptyque. Panneaux de 37,5 × 25,1 cm chacun (format *ōban tate-e*). The Metropolitan Museum of Art, New York. Fletcher Fund, 1929.

p. 33 : Tsukioka Yoshitoshi (1839–1892), ***Ōya Tarō Mitsukune regardant des squelettes***, 1865. Estampe *ukiyo-e*. Gravure sur bois. Impression en couleur sur papier (*nishiki-e*). Format *ōban tate-e*, 34,77 × 22,7 cm. Los Angeles County Museum of Art. Herbert R. Cole Collection.

La Femme de la neige

p. 38 : Utagawa Kuniyoshi (1797–1861), ***Femme marchant dans la neige 2.***

p. 41 : Utagawa Hiroshige II (1826–1869), ***Ochanomizu***. Estampe *ukiyo-e*. Gravure sur bois. Impression en couleur sur papier (*nishiki-e*). Format *ōban tate-e*, 36,5 × 24,1 cm. The Metropolitan Museum of Art, New York. Rogers Fund, 1919.

p. 45 : Utagawa Kunisada (1786–1865), ***L'actrice Onoe Kikugorō III incarnant le fantôme d'Iohata***, 1824. Estampe *ukiyo-e*. Gravure sur bois. Impression en couleur sur papier (*nishiki-e*). Format *ōban tate-e*, 36,5 × 25,2 cm. Photographie © The National Museum of Asian Art, Smithsonian Institution, Washington, D.C. The Anne van Biema Collection.

Celui qui avala un fantôme

p. 46 : Utagawa Kuniyoshi (1797–1861), ***Hara Hayato no Sho***, 1845-1846. Estampe *ukiyo-e*. Gravure sur bois. Impression en couleur sur papier (*nishiki-e*). Format *ōban tate-e*, 37,2 × 25,6 cm.

p. 49 : Utagawa Kuniyoshi (1797–1861), ***L'acteur Ichikawa Danjūrō VII***, v. 1830. Estampe *ukiyo-e*. Gravure sur bois. Impression en couleur sur papier (*nishiki-e*).

p. 53 : Utagawa Kuniyoshi (1797–1861), ***L'acteur Ichikawa Kodanji IV incarnant Rōyō Hōshi***, 1852. Estampe *ukiyo-e*. Gravure sur bois. Impression en couleur sur papier (*nishiki-e*).

Le Songe d'un jour d'été

p. 54 : Utagawa Hiroshige (1797–1858), ***La côte à Hota dans la Province d'Awa***, n°36 de la série « 36 vues du mont Fuji », 1858. Estampe *ukiyo-e*. Gravure sur bois. Impression en couleur sur papier (*nishiki-e*). Format *ōban tate-e*, 33,7 × 22,2 cm. The Metropolitan Museum of Art, New York. The Howard Mansfield Collection. Achat, Rogers Fund, 1936.

p. 59 : Utagawa Kuniyoshi (1797–1861), ***Ayus remontant le courant***. Estampe *ukiyo-e*. Gravure sur bois. Impression en couleur sur papier (*nishiki-e*).

pp. 62-63 : Tsukioka Yoshitoshi (1839–1892), ***Urashima Tarō quittant le palais de la princesse***, 1886. Estampe *ukiyo-e*. Gravure sur bois. Impression en couleur sur papier (*nishiki-e*). Diptyque. Panneaux de 37,2 × 25 cm chacun (format *ōban tate-e*).

p. 69 : Utagawa Hiroshige (1797–1858), ***Province d'Iyo, Saijō***, n°57 de la série « Vues des sites célèbres des soixante et quelques provinces du Japon », v. 1853. Estampe *ukiyo-e*. Gravure sur bois. Impression en couleur sur papier (*nishiki-e*). Format *ōban tate-e*, 36,2 × 24,1 cm. The Metropolitan Museum of Art, New York. Achat, Joseph Pulitzer Bequest, 1918.

p. 73 : Utagawa Kuniyoshi (1797–1861), ***Carpe rouge sous la glycine***. Estampe *ukiyo-e*. Gravure sur bois. Impression en couleur sur papier (*nishiki-e*).

p. 79 : Katsushika Hokusai (1760–1849), ***La cascade à Ono sur la route Kisokaidō***, v. 1832. Estampe *ukiyo-e*. Gravure sur bois. Impression en couleur sur papier (*nishiki-e*). Format *ōban tate-e*, 37,8 × 26,2 cm. The Metropolitan Museum of Art, New York.

La Première femme du samouraï

p. 80 : Tsukioka Yoshitoshi (1839–1892), ***Le fantôme de Seigen hantant Sakura-hime***, de la série « Nouvelles formes de trente-six fantômes », 1889. Estampe *ukiyo-e*. Gravure sur bois. Impression en couleur sur papier (*nishiki-e*). Format *ōban tate-e*, 36,67 × 25,24 cm. Los Angeles County Museum of Art. Legs de Julia et Leo Krashen.

p. 85 : Tsukioka Yoshitoshi (1839–1892), ***Kiyohime se transformant en serpent à la rivière Hidaka***, de la série « Nouvelles formes de trente-six fantômes », 1890. Estampe *ukiyo-e*. Gravure sur bois. Impression en couleur sur papier (*nishiki-e*). Format *ōban tate-e*, 34 × 23 cm. National Museum of Asian Art, Smithsonian Institution, Washington, D.C. Robert O. Muller Collection.

Le Prêtre qui écrit avec cinq pinceaux en même temps

p. 88 : Utagawa Kuniyoshi (1797–1861), ***Le miracle des chefs-d'oeuvre de Matabei,*** 1853. Estampe *ukiyo-e*. Gravure sur bois. Impression en couleur sur papier (*nishiki-e*). Format *ōban tate-e*, 35,7 × 24,4 cm.

p. 93 : Utagawa Kuniyoshi (1797–1861), ***Nakasaina Sonja et le dragon.*** Estampe *ukiyo-e*. Gravure sur bois. Impression en couleur sur papier (*nishiki-e*).

Le Mangeur de cadavres

p. 96 : Tsukioka Yoshitoshi (1839–1892), ***Le seigneur Sadanobu et le démon***, de la série « Nouvelles formes de trente-six fantômes », Tsukioka Yoshitoshi, 1889. Estampe *ukiyo-e*. Gravure sur bois. Impression en couleur sur papier (*nishiki-e*). Format *ōban tate-e*, 36,04 × 24,13 cm. Los Angeles County Museum of Art. Herbert R. Cole Collection.

p. 101 : Utagawa Kuniyoshi (1797–1861), ***L'acteur Ichikawa Kodanji IV incarnant le fantôme d'Asakura Togo***, 1851. Estampe *ukiyo-e*. Gravure sur bois. Impression en couleur sur papier (*nishiki-e*). Format *ōban tate-e*, 37,5 × 25,2 cm. Museum of Fine Arts of Houston. Legs de Stephen Hamilton.

Le Vampire au fond des eaux

p. 104 : Tsukioka Yoshitoshi (1839–1892), ***Gongsun Sheng, le Dragon dans les nuages,*** de la série « Cent histoires de fantômes de Chine et du Japon », 1865. Estampe *ukiyo-e*. Gravure sur bois. Impression en couleur sur papier (*nishiki-e*). Format *ōban tate-e*, 37,78 × 25,56 cm. Los Angeles County Museum of Art.

p. 109 : Utagawa Kuniyoshi (1797–1861), ***Pieuvre et poissons rouges.*** Estampe *ukiyo-e*. Gravure sur bois. Impression en couleur sur papier (*nishiki-e*).

p. 113 : Utagawa Kuniyoshi (1797–1861), ***Le samouraï et la grenouille***, 1847-48. Estampe *ukiyo-e*. Gravure sur bois. Impression en couleur sur papier (*nishiki-e*).

Celui qui épousa deux fois la même femme

p. 114 : Tsukioka Yoshitoshi (1839–1892), ***Folie sous la Lune***, n°69 de la série « Cent aspects de la Lune », 1889. Estampe *ukiyo-e*. Gravure sur bois. Impression en couleur sur papier (*nishiki-e*). Format *ōban tate-e*.

p. 119 : Utagawa Kuniyoshi (1797–1861), estampe *ukiyo-e* issue de la série « Sept dieux chanceux de la rivière Sumida », 1853. Gravure sur bois. Impression en couleur sur papier (*nishiki-e*). Format *ōban tate-e*, 35,9 × 24,1 cm.

p. 123 : Tsukioka Yoshitoshi (1839–1892), ***Wood for the plum tree***, de la série « Allusions aux sept planètes », 1878. Gravure sur bois. Impression en couleur sur papier (*nishiki-e*). Format *ōban tate-e*, 35,88 × 24,97 cm. Los Angeles County Museum of Art. Herbert R. Cole Collection.

La Morte aux mains vivantes

p. 126 : Tsukioka Yoshitoshi (1839–1892), ***L'esprit du cerisier Komachi***, de la série « Nouvelles formes de trente-six fantômes », 1889. Estampe *ukiyo-e*. Gravure sur bois. Impression en couleur sur papier (*nishiki-e*). Format *ōban tate-e*, 36,8 × 24,9 cm.

p. 131 : Tsukioka Yoshitoshi (1839–1892), ***Le bras du démon***, de la série « Nouvelles formes de trente-six fantômes », 1889. Estampe *ukiyo-e*. Gravure sur bois. Impression en couleur sur papier (*nishiki-e*). Format *ōban tate-e*, 36,2 × 24,8 cm.

Histoire des fantômes dans le roman de La Lanterne pivoine

p. 134 : Tsukioka Yoshitoshi (1839–1892), ***La lanterne pivoine***, de la série « Nouvelles formes de trente-six fantômes », 1891. Estampe *ukiyo-e*. Gravure sur bois. Impression en couleur sur papier (*nishiki-e*). Format *ōban tate-e*, 36,2 × 24,8 cm.

p. 139 : Utagawa Hiroshige (1797–1858), ***Vue nocturne de Matsuchiyama et du canal de Sam'ya***, n°34 de la série « Cent vues d'Edo », 1857. Estampe *ukiyo-e*. Gravure sur bois. Impression en couleur sur papier (*nishiki-e*). Format *ōban tate-e*, 34 × 22,8 cm.

p. 145 : Tsukioka Yoshitoshi (1839–1892), ***Le poète Sōgi***, de la série « Nouvelles formes de trente-six fantômes », 1891. Estampe *ukiyo-e*. Gravure sur bois. Impression en couleur sur papier (*nishiki-e*). Format *ōban tate-e*.

p. 151 : Katsushika Hokusai (1760–1849), ***La lanterne fantôme***, v. 1831-32. Estampe *ukiyo-e*. Gravure sur bois. Impression en couleur sur papier (*nishiki-e*). Format *chūban tate-e*, 26,3 × 18,9 cm.

p. 157 : Utagawa Kuniyoshi (1797–1861), ***Dainagon Tsunenobu***, n°71 de la série « Cent poèmes par cent poètes », v. 1842. Estampe *ukiyo-e*. Gravure sur bois. Impression en couleur sur papier (*nishiki-e*). Format *ōban tate-e*, 36,8 × 24,7 cm.

p. 163 : Tsukioka Yoshitoshi (1839–1892), ***Le mystérieux palmier de Sago***, de la série « Nouvelles formes de trente-six fantômes », 1891. Estampe *ukiyo-e*. Gravure sur bois. Impression en couleur sur papier (*nishiki-e*). Format *ōban tate-e*.

p. 167 : Tsuchiya Koitsu (1870-1949), ***Soirée à Ushigome***, de la série « Croquis de lieux célèbres au Japon », 1939 (impression posthume). Estampe *Shin-hanga*. Gravure sur bois. Impression en couleur sur papier. Format *ōban tate-e*, 39,2 × 26 cm.

Le Gamin qui dessinait des chats

p. 168 : Tsukioka Yoshitoshi (1839–1892), ***Ariwara Narihira***, de la série « Nouvelles formes de trente-six fantômes », 1891. Estampe *ukiyo-e*. Gravure sur bois. Impression en couleur sur papier (*nishiki-e*). Format *ōban tate-e*.

p. 171 : Utagawa Kuniyoshi (1797–1861), ***Quatre chats adoptant différentes positions***, 1852. Estampe *ukiyo-e*. Gravure sur bois. Impression en couleur sur papier (*nishiki-e*).

p. 175 : Utagawa Kuniyoshi (1797–1861), ***Scène d'une histoire de fantômes : le chat-démon d'Okazaki***, v. 1850. Estampe *ukiyo-e*. Gravure sur bois. Impression en couleur sur papier (*nishiki-e*). Diptyque. Panneaux de 36,5 × 25,4 cm chacun (format *ōban tate-e*). Panneau de gauche. The Metropolitan Museum of Art, New York. Fletcher Fund, 1929.

La Légende de la « cascade des esprits »

p. 176 : Utagawa Kuniyoshi (1797–1861), ***Hatsuhana***, v. 1841-42. Estampe *ukiyo-e*. Gravure sur bois. Impression en couleur sur papier (*nishiki-e*). Format *ōban tate-e*, 35,4 × 24,61 cm. Los Angeles County Museum of Art. The Joan Elizabeth Tanney Bequest.

p. 181 : Katsushika Hokusai (1760–1849), ***Le rire du démon***, de la série « Cent histoires de fantômes », v. 1831-32. Estampe *ukiyo-e*. Gravure sur bois. Impression en couleur sur papier (*nishiki-e*). Format *chūban tate-e*, 25,2 × 17,9 cm.

Celui qui voulait rencontrer Bouddha

p. 182 : Tsukioka Yoshitoshi (1839–1892), ***Toki Motosada et le roi-démon***, de la série « Nouvelles formes de trente-six fantômes », 1890. Estampe *ukiyo-e*. Gravure sur bois. Impression en couleur sur papier (*nishiki-e*). Format *ōban tate-e*, 35,4 × 23,2 cm.

p. 187 : Utagawa Kuniyoshi (1797–1861), ***Coq : Tsunagorō***, de la série « Héros japonais représentant les douze signes du zodiaque », 1852. Estampe *ukiyo-e*. Gravure sur bois. Impression en couleur sur papier (*nishiki-e*).

p. 189 : Tsukioka Yoshitoshi (1839–1892), ***Iga no Tsubone avec Tengu, l'esprit de Fujiwara no Nakanari***, de la série « Cent contes de fantômes de Chine et du Japon »,1865. 37,9 × 25,7 cm. Los Angeles County Museum of Art.

La Légende du village des joueurs de koto

p. 190 : Utagawa Hiroshige (1797–1858), ***Colline du crépuscule à Meguro dans la Capitale de l'Est,*** n°10 de la série « Trente-six vues du Mont Fuji », 1858. Estampe *ukiyo-e*. Gravure sur bois. Impression en couleur sur papier (*nishiki-e*). Format *ōban tate-e*.

p. 195 : Mizuno Toshitaka (1866–1908), ***La joueuse de koto***, de la série « Trente-six styles de femmes », 1893. Estampe *ukiyo-e*. Gravure sur bois. Impression en couleur sur papier (*nishiki-e*).

p. 201 : Tsukioka Yoshitoshi (1839–1892), ***L'illumination***, de la série « Nouvelles formes de trente-six fantômes », 1890. Estampe *ukiyo-e*. Gravure sur bois. Impression en couleur sur papier (*nishiki-e*). Format *ōban tate-e*.

p. 205 : Tsukioka Yoshitoshi (1839–1892), ***Le district de Gion***, de la série « Cent aspects de la Lune », 1886. Estampe *ukiyo-e*. Gravure sur bois. Impression en couleur sur papier (*nishiki-e*). Format *ōban tate-e*, 32,7 × 22,1 cm.

Photographie © Freer Gallery of Art and Arthur M. Sackler Galler, Smithsonian Institution. Robert O. Muller Collection.

p. 209 : Utagawa Kuniyoshi (1797–1861), ***Le fantôme d'Oiwa hantant O-Ume***, v. 1847-48. Estampe *ukiyo-e*. Gravure sur bois. Impression en couleur sur papier (*nishiki-e*). Format *ōban tate-e*, 37,46 × 25,4 cm.

Le Samouraï qui fit ouvrir les portes de la naissance

p. 210 : Utagawa Kuniyoshi (1797–1861), ***Nissaka***, de la série « Cinquante-trois parallèles pour le Tōkaidō », v. 1845. Estampe *ukiyo-e*. Gravure sur bois. Impression en couleur sur papier (*nishiki-e*). Format *ōban tate-e*, 37 × 25,3 cm.

La Ville qui ne connaît pas la mort et la douleur

p. 216 : Utagawa Hiroshige (1797–1858), ***Les érables à Mama, le sanctuaire Tekona et le pont de Tsugihashi***, n°94 de la série « Cent vues d'Edo », 1857. Estampe *ukiyo-e*. Gravure sur bois. Impression en couleur sur papier (*nishiki-e*). Format *ōban tate-e*.

p. 221 : Utagawa Hiroshige (1797–1858), ***La plaine d'Ōtsuki dans la Province de Ka***, n°31 de la série « Trente-six vues du Mont Fuji », 1858. Estampe *ukiyo-e*. Gravure sur bois. Impression en couleur sur papier (*nishiki-e*). Format *ōban tate-e*.

Le « Cerisier du seizième jour »

p. 222 : Tsukioka Yoshitoshi (1839–1892), ***Sanetaka***, de la série « Nouvelles formes de trente-six fantômes », 1890. Estampe *ukiyo-e*. Gravure sur bois. Impression en couleur sur papier (*nishiki-e*). Format *ōban tate-e*.

p. 225 : Utagawa Hiroshige (1797–1858), ***La forêt du sanctuaire Suijin et la région de Massaki le long de la rivière Sumida-gawa***, n°35 de la série « Cent vues d'Edo », 1856. Estampe *ukiyo-e*. Gravure sur bois. Impression en couleur sur papier (*nishiki-e*). Format *ōban tate-e*.

Achevé d'imprimer en août 2021.
Imprimé en Pologne.
Dépôt légal : septembre 2021